Angelika Hein, Heike Krapf, Marion Liedtke,
Gisela Masseck, Nicola Scheifele

AF140376

Sylvana, die nicht von dieser Welt ist

und andere kurze Geschichten

Bibliografische Information der Deutschen Nationalbibliothek:
Die Deutsche Nationalbibliothek verzeichnet diese Publikation
in der Deutschen Nationalbibliografie, detaillierte bibliografische
Daten sind im Internet über dnb.dnb.de abrufbar.

TWENTYSIX – Der Self-Publishing-Verlag
Eine Kooperation zwischen der Verlagsgruppe Random House und
BoD – Books on Demand

© 2019 Angelika Hein, Heike Krapf, Marion Liedtke,
Gisela Masseck, Nicola Scheifele

Herstellung und Verlag:
BoD – Books on Demand, Norderstedt

ISBN: 978-3-7407-5344-3
Lektorat: Pressebüro allWrite
Covergestaltung und Satz:
Pressebüro allWrite / page-perfect.de(sign) (München)
Gesetzt in der Stempel Garamond
Bildnachweise: Dreamstime.com: Maryna Kriuchenko;
iStock.com: ganolmc; 4x6 (2); wissanu99; greyj; LupascoRoman;
GeorgeManga; MrsWilkins

Liebe Leserin, lieber Leser,

warum dieses Buch? Das haben wir uns auch gefragt, als die Idee zum ersten Mal aufkam. Wir – das sind fünf Frauen von Ende vierzig bis Mitte siebzig, die sich vor vier Jahren in München in einer Schreibgruppe zusammenfanden. Das Ziel: schreiben, schreiben, schreiben ... So weit, so gut.

Befeuert vom eigenen Spaß am Schreiben wussten wir aber irgendwann: Es muss sein, jetzt ist der richtige Zeitpunkt! Endlich den lang gehegten Traum erfüllen, die eigenen Geschichten schwarz auf weiß zwischen zwei Buchdeckel und zu möglichst vielen Lesern bringen.

Die Auswahl der Texte, das Einteilen in Kapitel, das Gegenlesen, die Entscheidung für einen Titel – all das war ein abenteuerliches Gruppenerlebnis, das uns trotz einiger Meinungsverschiedenheiten, intensiver Diskussionen und mancher Kompromisse viel Vergnügen bereitete.

Heraus kam eine Sammlung aus unterhaltsamen, spannenden, eigenwilligen, lustigen, anrührenden, bisweilen schrägen Geschichten – ein Mix aus Lovestorys, Thriller, Science-Fiction, Parabeln, Novellen und Erotik. So verschieden und interessant wie das Leben und die Autorinnen selbst.

An dieser Stelle möchten wir allerdings ausdrücklich darauf hinweisen, dass sämtliche Handlungen und Figuren frei erfunden sind und nie unseren Lebensweg gekreuzt haben. Jede noch so geringe Ähnlichkeit mit tatsächlichen Begebenheiten und lebenden oder toten Personen ist rein zufällig. Dennoch wollen wir an dieser Stelle Hilde, Herrn Gegenfurtner, Butschi und den Herberts dieser Welt, die in unseren Storys auftreten, danken – auch wenn wir euch persönlich nie begegnet sind!

Viel Spaß bei der Lektüre wünschen

Angelika Hein, Heike Krapf, Marion Liedtke, Gisela Masseck und Nicola Scheifele

JUNGGESELLENABSCHIED

Der Korrektor

Nicola Scheifele

Nimm' die Brille ab!« Er verstand nicht gleich, was sie wollte. Herbert Oberstein war so mit seiner Brille verwachsen, dass er sie kaum mehr wahr- und abnahm. Seit er denken konnte, trug er das Gestell auf der Nase. Immer das gleiche Modell: runde Gläser, eingefasst in einen dünnen, dunklen Metallrand. Er setzte sie jeden Morgen auf, sobald er in seinem Junggesellenbett die Augen aufgeschlagen hatte, und nahm sie abends erst wieder ab, bevor er seine Bettdecke bis übers Kinn hochzog. Dann legte er sie auf seinem Nachtkästchen ab und knipste das Licht der kleinen Stehleuchte aus, die neben einem hoch aufgetürmten Bücherstapel stand.

Die Brille war sein Fenster zur Welt. Mit ihr sah er die Dinge glasklar und mit der nötigen Schärfe, um zu erkennen, was gut und richtig war.

Fehler fielen ihm sofort auf. Schon als kleiner Junge störten ihn die Rechtschreibfehler in seinen Kinderbüchern. Er umkringelte jeden einzelnen sorgfältig mit einem fetten roten

Filzer und zeigte seine Ausbeute anschließend stolz den Eltern. Beide waren Lehrer und nickten anerkennend, wenn er ihnen sein Werk präsentierte.

Allerdings war die strenge Bibliothekarin in der Bücherei, wo er einen Teil seiner gigantischen Lektüre auslieh, überhaupt nicht amused, als sie die grell leuchtenden Kringel auf den Buchseiten entdeckte. Nachdem sie ihn wiederholt ermahnt hatte, dies zu unterlassen, er aber nicht widerstehen konnte, seine Spuren in den oft druckfrischen Büchern zu hinterlassen, stellte sie ihn vor die Wahl: Entweder er ersetzte jedes Buch, das er korrigiert hatte, oder er bekam Hausverbot.

Da Herberts Taschengeld für Ersatz nicht ausreichte und er den Sinn dieses Vorgehens nicht einsah – schließlich berichtigte er einen Fehler, was die Welt aus seiner Sicht meistens schöner machte –, begann er, seine Lektüre woanders zu suchen. So kam es, dass der schmächtige, blasse, bebrillte Achtjährige die Jugendliteratur und Comics in seiner literarischen Entwicklung ausließ und nahtlos von seinen Kinderbüchern zur Erwachsenenlektüre seiner Eltern wechselte. Was nicht ganz so schlimm war, da die beiden Studienräte nur pädagogisch Wertvolles und nichts Jugendgefährdendes auf ihre Bücherregale ließen.

Schon bald meinte Herbert, übers Leben Bescheid zu wissen, sodass er eigene Erfahrungen, die einen möglicherweise durch einen dummen Zufall beeinträchtigen konnten, mied. Warum selbst Fußball spielen, wenn ihm Peter Handke »Die Angst des Torwarts beim Elfmeter« klar vor Augen führte und ihm erklärte, wie sich eine Niederlage anfühlen könnte. Und wozu sollte er sich in ein Mädchen verlieben und leiden wie der junge Werther? Das würde nur ein schlimmes Ende nehmen!

Lieber machte Herbert es sich auf dem Sofa bequem und ließ sich beim Duft der Druckerschwärze in unbekannte Welten entführen. Da er Einzelkind war, lenkten ihn keine Geschwister ab. Statt hinter einer unerreichbaren Schönen her zu sein, machte er sich lieber mit Genuss auf die Jagd nach Rechtschreibfehlern. Seine Eltern waren stolz auf ihren belesenen Jungen und ließen ihn gewähren. So kam es, wie es kommen musste: Herbert Oberstein machte seine wahre Leidenschaft zum Beruf: Er wurde Korrektor.

Herbert Obersteins Karriere verlief kometenhaft – sofern man das bei solch einem Beruf überhaupt sagen kann. Schließlich gehört viel Geduld, Genauigkeit und Sitzfleisch dazu. Bald schon verließ er den Verlag der kleinen Lokalzeitung, um in der Großstadt die Fehler eines bundesweit bekannten Nachrichtenmagazins vor dessen Erscheinen auszumerzen. Was allerdings oft den Produktionsprozess behinderte, da Herbert Oberstein meist viel zu viele Fehler entdeckte, und das oft in allerletzter Sekunde – vom falsch gesetzten Komma angefangen bis zu Nebensächlichkeiten, dass zusammengesetzte Wörter gekoppelt statt zusammengeschrieben waren. Ein bisschen pingelig und erbsenzählerisch war er schon, der Herbert Oberstein, was ihn nicht überall beliebt, aber fast gefürchtet gemacht hätte, wäre er nicht so ein zurückhaltender und höflicher Mensch gewesen.

Nur die Drucker stöhnten und fluchten leise, wenn die letzten Seiten wieder mal erst angeliefert wurden, als sie die Druckmaschinen anlaufen lassen mussten, sollte das Magazin pünktlich erscheinen. Und nur deshalb, weil Herbert Oberstein als Korrektoratsleiter darauf pochte, dass es nicht »im letzten Jahr«, sondern »im vergangenen Jahr« heißen müsse.

Umso erleichterter waren sie, als vom legendären Wörterbuch und allgemein gültigen Nachschlagewerk der Republik ein Ruf an Herbert Oberstein erging. Er sollte fortan dessen gedruckte Ausgabe in allen Fragen der Rechtschreibung betreuen. Ein höchst verantwortungsvoller Posten. Dabei durfte er sich seiner Meinung nach erst recht keinen Schnitzer erlauben. Schlägt doch jeder hierzulande, vom Grundschüler über die Chefsekretärin bis zu den Chefredakteuren der großen Gazetten dort nach, wenn er sich nicht vor den Oberstudienräten und notorischen Besserwissern der Nation blamieren will. Doch Herbert Oberstein nahm die neue Herausforderung hocherfreut an. War sie doch die Krönung seiner Korrektorenlaufbahn. Dass er deswegen von der weltoffenen Metropole im Norden der Republik in die als etwas spießig-langweilig geltende Stadt an Rhein und Neckar ziehen musste, machte ihm nichts aus. Im Gegenteil: In der aus Quadraten angelegten Innenstadt sah er ein Spiegelbild seines Anspruchs an sich selbst – so wie hier sollte alles systematisch und übersichtlich angelegt sein. So lenkte ihn nichts von seiner großen Aufgabe ab. Dachte er.

Doch jetzt, kaum vier Wochen nach seinem Dienstantritt, stand er auf einmal in dieser Allee vor dieser jungen Frau mit diesem seltsam verschwommenen Blick. Er war an diesem Freitagabend nur rausgegangen, um noch etwas einzukaufen, weil der Kühlschrank ihm leer entgegengähnt hatte. Als er die Abkürzung durch die Allee nahm, war sie ihm plötzlich entgegengetreten und hatte ihn in ein Gespräch über die so schön im Herbstlaub stehenden Bäume verwickelt. Die müsse er sich ganz genau anschauen.

»Nimm' die Brille ab!«, wiederholte sie jetzt ihre Bitte – oder war es gar ein Befehl? Sie wirkte jetzt energischer, als ob ihr das sehr am Herzen läge. Und auf einmal verstand er. Ein ihm bis jetzt unbekanntes Herzklopfen begleitete dieses Verstehen. Und er verstand auf einmal noch mehr, als sie behutsam mit ihren zarten, kleinen Händen nach den Bügeln seiner Brille griff, um diese ihm abzunehmen. Auf einmal verschwamm die Welt um ihn herum. War es der aufkommende Nebel, den der Wetterbericht angekündigt hatte? Er hörte das leise Klicken, als sie die Bügel umklappte, ein Rascheln, als sie das Gestell zwischen die welken Blätter eines Zweiges hängte. Plötzlich fühlte er sich ausgesprochen wehrlos und unheimlich stark zugleich. Ausgeliefert und voll Tatendrang in einem. Auf einmal hatte er unbändige Lust, etwas ganz Neues, ihm Unbekanntes auszuprobieren.

»Morgen mache ich alles anders als bisher«, dachte er noch, da nahm sie schon sein Gesicht in die gleichen zarten Hände und er dachte nichts mehr. Die Welt um ihn herum verschwand.

Ein Jahr später verlor Herbert Oberstein seinen Job – was ihm allerdings wenig auszumachen schien. Nach dem besagten Wochenende war er ohne Brille in der Redaktion erschienen. Ein ungewohnter, aber – wie vor allem die Kolleginnen meinten – erfreulicher Anblick. »Kontaktlinsen«, dachten sich die meisten. Denn keiner traute sich, den Chef darauf anzusprechen, der, wenn es um sein Privatleben ging, bislang äußerst unzugänglich gewesen war.

Aber genau dieser Begriff stand auf einmal im aktuellen Wörterbuch, das unter Herbert Obersteins Ägide, pünktlich zur Frankfurter Buchmesse erschienen war – mit einem Bindestrich, der die Wörter »Kontakt« und »Linse« koppelte. Dazu stand als Bedeutung »Korrekturhilfe fürs Auge, die den Kontakt zwischen dem männlichen und weiblichen Geschlecht erschweren – oder erleichtern kann – je nach Sichtweise«. Doch das war nicht die einzige merkwürdige Veränderung, die das altehrwürdige Nachschlagewerk aufwies. Zu finden waren jetzt Begriffe wie

pling
Wortart: Interjektion, comicsprachlich
Worttrennung: pling
Bedeutung: Geräusch, das nur sich Verliebende hören, wenn Amors Pfeil voll ins Schwarze trifft
Synonyme: tschack, buff, klonk
Homonym: das Geräusch, das ein Messengerdienst erzeugt, wenn eine neue Nachricht auf dem Smartphone eintrifft.

lawinig
Wortart: Adjektiv, desubstantivisch
Gebrauch: erst am Anfang
Worttrennung: la|wi|nig
Bedeutung: das unbeschreibliche Gefühl, wenn ein Liebespaar gemeinsam einen Höhepunkt seines Zusammenseins erlebt
Synonyme: nicht bekannt
Steigerungsformen: nicht bekannt

Morgenglück, das
Wortart: Substantiv (Kompositum), Neutrum
Gebrauch: Idiolekt, meist nur innerhalb einer Paargemeinschaft
Worttrennung: Mor|gen|glück
Bedeutungsübersicht: das Glück, das sich nach einem leckeren Frühstück mit Erdbeeren und griechischem Sahnejoghurt einstellt, mit der Aussicht, gleich noch etwas anderes vernaschen zu dürfen; das Gefühl, das sich an einem frühen Sommermorgen einstellt, wenn man den Sonnenaufgang allein oder zu zweit in freier Natur beobachten kann
Beispiel: Nach einer lawinigen Nacht genossen sie das Morgenglück am Strand.

Schmuserkuss, der
Wortart: Substantiv, maskulin
Worttrennung: Schmu|ser|kuss
Bedeutungsübersicht: [sanft] drückende Berührung mit den [leicht gespitzten, leicht geöffneten] Lippen oder mit den Händen (als Zeichen der Inspiration des Gegenübers). Gilt als männliches Pendant zum weiblichen -> Musenkuss
Beispiel: Nachdem er sie mit einem lawinigen Schmuserkuss inspiriert hatte, tippte sie beschwingt das erste Kapitel ihres Romans in den Computer.

Diese und viele weitere Begriffe, welche die aktuelle Ausgabe des Wörterbuchs zu einem fetten Mehrpfünder hatten anschwellen lassen, lösten eine Sturmflut von Leserbriefen aus. Es schien, als hätte sich der Verband der Oberstudienräte, wenn es ihn denn gäbe, zu einem gemeinsamen Flashmob-Shitstorm entschlossen. Die Schreiber empörten sich über die Begriffe, die sie weder in ihrem aktivem noch in ihrem passiven Wortschatz geschweige denn in ihrer gewohnten Lektüre fanden.

Es half nichts, der Verlagsleiter musste Herbert Oberstein zur Rede stellen. Er befragte ihn, was ihn denn geritten hätte, solche Wörter der festen Säule der korrekten deutschen Sprache einfach unterzujubeln. Zunächst konnte sich Herbert Oberstein nur stammelnd äußern.

»I-i-i-ch w-w-weiß n-n-nicht ...«

»Aber diese Wörter gibt's doch gar nicht!«, unterbrach ihn der Verlagsleiter unwirsch. Ihm war schon vor diesem Gespräch der rote Geduldsfaden gerissen.

»V-von wegen«, erwiderte Herbert. »H-haben Sie eine Ahnung, wie sich all diese Wörter kombinieren und verändern lassen.« Er redete sich jetzt in Rage. »Zu völlig neuen Schöpfungen! Jawoll! Und nicht nur das«, eiferte er sich. »Damit werden manche Dinge erst richtig klar, wenn man sie mal neu formuliert. Die Sprache lebt! Und statt sie langsam mit unseren Rechtschreibregeln abzutöten, müssen wir verhindern, dass die lebendige Sprache ausstirbt. Jawoll!«

Mit hochrotem Kopf stand Herbert Oberstein, brillenlos wie das gesamte vergangene Jahr, vor seinem Vorgesetzten. Noch nie zuvor hatte er so eine lange Rede gehalten und so viel eigene Meinung kundgetan. Er war über sich selbst erstaunt.

»Ich denke, es ist besser, unsere Wege trennen sich«, konstatierte der Verlagsleiter. »Gehen Sie sofort, Sie bekommen auch eine Abfindung, aber ich will Sie hier nie wieder sehen.« Herberts Ex-Vorgesetzter wedelte mit der linken Hand, als wolle er einen bunten Falter aus einer Umgebung vertreiben, in welche dieser nicht hineingehörte.

Herbert Oberstein verließ hoch erhobenen Hauptes die Redaktion, mit dem Gefühl, zum ersten Mal im Leben absolut keinen Fehler, sondern wirklich alles richtig gemacht zu haben.

Wiederum ein Jahr später erschien sein erster Roman. Der Titel: »Was man ohne Brille sehen kann«. Die Wörterbuchausgabe mit seinen Wortschöpfungen wurde zum Kultbuch, nachdem ein Großteil der Auflage eingestampft und die nächste Ausgabe ohne Herberts Wortspielereien erschienen war. Diesmal erreichte die Redaktion eine Leserbriefflut aus allen Bevölkerungsschichten mit der einhelligen Frage, was denn aus diesen tollen Wörtern geworden sei, die Mut gemacht hätten, selbst welche zu erfinden? Herbert Obersteins Ausgabe wird im modernen Antiquariat inzwischen zu Höchstpreisen gehandelt. Was wiederum dazu beitrug, dass sein Roman zum Bestseller wurde, er selbst Gast zahlreicher Talkshows war und mit seiner jungen Frau in einem Landhaus in der Provence leben kann, wo er regelmäßig Schreibwerkstätten für angehende Autoren abhält.

Entscheidung

Angelika Hein

Er hatte lange gezögert, es ihr zu sagen. Nie war der richtige Zeitpunkt. Immer gab es Wichtigeres: Reparaturen im Haus, Handwerker, der Garten, Theater und Konzertabende, Einladungen zu Vernissagen, Charity-Veranstaltungen, die er mitorganisierte und zu denen er sie selbstverständlich begleitete.

Sie suchte die Anzüge aus, passend zum Event, führte ihn ein in das Leben der Reichen und Schönen, und – das musste er zugeben – es war angenehm und bequem. Sie finanzierte sein Studium, seit fast zehn Jahren. Er konnte sich nie wirklich entscheiden. Jura, BWL, Medienwissenschaften... meist langweilte es ihn und er brach ab. Seit Kurzem studierte er Forst- und Landwirtschaft.

Im Gegensatz zu ihm hatte sie Power. Sie war entschlossen, zielgerichtet, gebildet und kulturell engagiert. Eine Powerfrau! Er liebte sie und sie war seit Langem die Frau seines Lebens, nicht vergleichbar mit irgendeiner anderen

Frau auf der Welt, auch wenn sie um einiges älter war als er. Nur manchmal, wenn sie abends zusammen auf dem Sofa saßen, sie mit eleganter Slim-Zigarette zwischen Zeige- und Mittelfinger, die so gar nicht zu ihren leicht wulstigen, goldberingten Fingern passte, war ihm nicht wohl.

»Ich geh noch ein bisschen...«, sagte er dann.

»Aber nimm' den Mantel mit, es ist kühl geworden«, erwiderte sie dann, »und komm nicht zu spät!«

Zur Dorfkneipe waren es zu Fuß nur zehn Minuten. Der Weg führte vorbei an den abgeernteten Feldern. Er sog den Duft der frischen Abendluft ein. Der Geruch nach Erde, ein Geruch nach Einfachheit und Freiheit.

»Bringst du mir ein Helles, Andrea?« In ihrem Dirndl, mit den hochgesteckten blonden Haaren und ihrem strahlenden Lächeln sah sie wie immer bezaubernd aus.

Er setzte sich an den kleinen Ecktisch, unter dem Herrgottswinkel. Das Bierglas war leicht beschlagen und sie setzte sich neben ihn.

»Und?« Sie sah ihn erwartungsvoll an. »Hast du mit ihr geredet?«

»Ich mach' es«, sagte er. »Heute noch!«

»Wir waren gestern beim Notar.« Sie lächelte ihn an und nahm seine Hand. »Der Vater hat mir den Hof überschrieben, samt Feldern, dem Wald und dem Vieh!«

Ihre Hand war weich und warm, und er hielt sie fest.

Der Weg zurück führte vorbei an den abgeernteten Feldern, und von weitem sah er das große, prächtige Gebäude mit den Türmen, inmitten der Parkanlage mit den alten Bäumen. Er ging die Auffahrtsallee entlang. Es war dunkel, nur im Erdgeschoss war ein Fenster hell erleuchtet.

Aus der obersten Schublade der großen schwarzen Kommode im Flur holte er den Umschlag. Er behielt den Mantel an, setzte sich zu ihr aufs Sofa und überreichte ihr das Dokument: »Diplom der Agrarwissenschaften für Rudolph Graf von Hohenstein/Lippe.«

»Ich zieh' aus Mama!«, sagte er. Die Asche ihrer Zigarette fiel zu Boden.

Der Scope

Heike Krapf

Adrian heftet sein Conix an die Magnetwand im Bad. Obwohl das Gerät zu hundert Prozent wasserdicht ist, geht er lieber ohne in den Sprühnebel. Er mag es, die Schaumbläschen ungehindert seine Hautoberfläche hinabgleiten zu lassen. Sein Schulfreund Chris tickert ihn um diese Zeit oft an und lässt ihn mit Bildern von gähnenden Affen oder einer Pumpgun wissen, dass er das Bett letzte Nacht nur kurz besucht hat und erst später in der Abschlussklasse erscheinen wird. Verpasst Adrian es, auf die morgendliche Begrüßung innerhalb von drei Minuten zu antworten, schickt Chris eine Animation, in der ein um Jahrzehnte gealterter Adrian am Rollator schlurfte, direkt an alle Mitglieder ihres gemeinsamen Scope.

Eben schaltet sich das Wasser ab, da blinkt auch schon sein Conix und zeigt ein Gesicht, auf dem sich drei Uhrzeiger bewegen, begleitet von einem antik-blechernen Weckerklingeln. Aha, Chris scheint wach geworden zu sein. Adrian schickt ihm einen Clip, in dem ein von einem Wasserstrahl gekitzelter Frosch eine Wolke Schmutz hinter sich lässt.

Zeit, sich mal wieder etwas unauffälliger zu verhalten, denkt Adrian und lässt den Fön seine kurzen schwarzen Haare trocknen. Letzte Woche hat er mit Mia-Leandra, der Fünf-Daumen-hoch-Schönheit, Schluss gemacht.

Ihre Fragezeichen-Herz-Anfrage vor einem Monat bestätigte er mit ehrfürchtigem Freudenfeuer. Sein Status im Scope kletterte daraufhin auf Medium-Plus. Bei den drei Mal, die er sich mit ihr traf, war sie zeitweise auch mal lustig. Doch ihr Mund wirkte unbewohnt beim Küssen und die Pupillen verharrten in derselben Position wie auf den Fotos der Scope-Galerie. Schließlich rang er sich nach einigen Tagen Gedanken-Pingpongs durch, ein zerrissenes Herz zu posten. Unzählige Daumen nach unten schossen auf ihn ein. 31 Bekannte zweiten Grades und sogar zwei direkte Freunde lösten die Verbindung zu ihm. Sein Status sank daraufhin natürlich auf Low-Plus ab, begleitet von dem Riesenärger mit seinem Freund Chris. Der lässt keine Gelegenheit aus, an seinem Status zu arbeiten, um von High-Minus auf High oder gar High-Plus zu kommen.

Nachdem Adrian seine schwarze Jeans und das azurblaue Lieblingsshirt angezogen hat, spielt er eine halbe Stunde Battledome X9 – genug um den Highscore für die nächsten drei Tage so zu erhöhen, dass niemand im Scope ihn schlagen wird und sein Status zumindest wieder auf das gewohnte Medium steigt. In den letzten Jahren hat er gern und ausgiebig gespielt. Kein Sonnenstrahl hat ihn erwischt, während er monatelang gegen glitschige Außerirdische, maschinengewehrschwangere Gangster und fluoreszierende Blauzombies kämpfte. Sogar das alte Mindcraft von seinem Vater hat es für ein paar Tage sein müssen. Seltsamerweise ödet ihn das Spielen in letzter Zeit öfters mal an. Aber das behält er natürlich für sich.

Auf dem Weg zur Schule erinnert er sich an das Erlebnis von gestern Nachmittag. Nach dem Lernen hatte er keine Lust zu Spielen und folgte einem bisher nicht gekannten Impuls, einfach mal loszugehen. Nach einer ausgedehnten Zeit des Umherschlenderns begann sein Conix plötzlich zu vibrieren. Es zeigte an, dass er sich mehr als sechshundert Meter von seinem Scope entfernt und außerdem keinen Zielpunkt eingegeben hatte. So eine Mitteilung hatte er noch nie gesehen. Verwirrt blieb er stehen. Ein paar Meter weiter vorn erblickte er ein ungepflegtes Gelände mit einer alten Holzkiste und einem Steinhaufen neben einem blassgelben Gebäude. Etwas müde von dem ungewohnten Spaziergang steuerte er auf die Kiste zu. Das Conix hörte auf zu vibrieren und zeigte ein Meer von zappelnden schwarzen und weißen Punkten.

»Was ist denn hier los, verdammter Mist!«, zischte er und kickte wütend gegen die Kiste. Die rutschte einige Zentimeter zur Seite. Ein schwarzes, flaches Gerät kam zum Vorschein. Mit dem Fuß schob er es näher zu sich heran.

Ein Mädchen mit rotbraunen Haaren in grünem T-Shirt kam auf ihn zu. Ihr Blick fiel auf das Gerät am Boden, das sie hastig aufhob.

»Ein alter eBook-Reader!« Sie klang aufgeregt. »Wahnsinn, dass du den gefunden hast!« Ihre Augen glitzerten. »Was machst du überhaupt hier?« Ein Wetterwechsel deutete sich in ihrer Stimme an.

»Keine Ahnung«, murmelte er nervös, »mein Conix zeigt nur schwarz-weiße Punkte. Das ist ein Topgerät und hat mir noch nie Probleme gemacht.«

»Kein Wunder, das ist ein unbekanntes Verbindungsloch hier und außerdem mein scope-freier Raum. Mir wäre es recht, wenn du bald wieder verschwinden würdest«, erklärte sie.

So ein Quatsch, dachte er, Verbindungslöcher hatte es gegeben, als seine Eltern jung waren, und abgesehen davon war ja wohl alles im Scope – die Playlist von gestern Abend, die Note des letzten Codetests, die Eventstatistik vom Wochenende und natürlich der persönliche Alterungsindex. Nicht zu reden davon, was alle im Scope davon hielten.

»Wenn du länger als sechs Minuten ohne Verbindung bist, wird die Verbindungslücke entdeckt und jedes Conix erkennt dann hier alles!« Ihre Stimme wurde laut.

»Und du bist hier immer nur sechs Minuten oder was?« Adrian musste nun doch grinsen.

»Blödsinn, ich hab mein Conix ja nicht dabei«, erklärte sie.

»Nicht dabei? Aber der Kontaktsensor im Conix registriert doch, wenn du dich weiter als sechs Meter von ihm entfernst!« Er schaute sie ungläubig an.

»Den hab ich in ungezählten Nächten so programmiert, dass sein AGTC-Transcriptor zwischen meiner Oma und mir nicht mehr unterscheidet. Mein Conix liegt zu Hause bei ihr. Und es wäre gut, wenn du jetzt abzischen würdest.« Ihr linkes Bein begann zu zappeln.

»Wie heißt du?«, fragte er und hob die Hand.

»Inka. Und jetzt aber los!«, antwortete sie.

»Ciao, ich bin Adrian!« Er drehte sich zur Straße. Nach einigen Schritten zeigte sein Conix wieder die Scope-Standardansicht.

Gleich hat Adrian das Schulgelände erreicht. Wer diese Inka von gestern wohl ist? Der Scope wird es wissen. In der Inner-Range ist sie logischerweise nicht, da sind nur Freunde, zu denen man eine direkte Verbindung hat. Neugierig blättert er in der Mid-Range bei den Verbindungen zweiten Grades. Er scrollt mit konzentriertem Blick unzählige Mädchengesichter durch, ohne eines zu entdecken, das ihr ähnlich sieht. Schließlich lässt er sich dazu hinreißen, ihren Namen in das Suchfeld einzugeben, auch wenn ihm das ein höhnisches Lästern von Chris einbringt. Keine Treffer, auch nicht im Outer-Range mit den zwei Verbindungen entfernten Mitgliedern. Sie ist nicht in seinem Scope? Das gibt's ja nicht! Damit hat er nicht gerechnet. So bleibt ihm jede Information über sie verwehrt und er kann mit ihr nicht in Kontakt treten.

Finn aus seiner Outer-Range hat sich mal mit einem Jungen außerhalb seines Scope für ein paar Minuten unterhalten. Die Kontaktsensoren haben das natürlich sofort registriert und alle seine Verbindungen für einen Tag deaktiviert. Da war er ganz schön isoliert. Was muss man sich auch mit Leuten außerhalb des eigenen Scope treffen, der ist ja schließlich groß genug! Bei ihm sind es aktuell stolze 983 Mitglieder und das mit aktiviertem Verwandten-Blocker. Hm, aber diese Inka von gestern scheint seltsamerweise nicht dabei zu sein.

Der Vormittag unterscheidet sich kaum von anderen Schultagen. Die Bioinformatiklehrerein lobt ihn zu ausgiebig, der Sportlehrer hetzt alle durch die stickige Halle und Chris schickt ständig Clips durch den Scope. Kann es sein, dass diese Inka wirklich ein AGTC-Irgendwas des Kontaktsensors manipuliert hat, sinniert er, an den kommt man doch nicht ran. In seiner Vorstellung taucht sie mit den unsortierten Haaren, den grünstichigen Augen und den wendigen Beinen in brauner Jeans auf. Von der derzeit inaktiven Feuerstelle unter seinem Zwerchfell züngelt eine kleine Flamme und erhitzt seinen Bauchraum spürbar.

Je weiter der Nachmittag voranschreitet, desto nervöser wird er. Was, wenn man sich wirklich vom Conix und dem ständigen Getöse der Scope-Mitglieder entfernen könnte? Um kurz vor halb fünf entscheidet er sich schließlich loszugehen, um Inka aufzusuchen.

Adrian lässt sich die Route von gestern in seinem Conix anzeigen und geht los. Die Neubausiedlung lässt er schnell hinter sich. Auch drei eng bebaute Straßen passiert er zügig und durchquert einen weitläufigen Park. Dahinter geht er an alten Häuschen vorbei. Inzwischen ist es schon fast halb sechs. Komisch, er müsste doch längst an der Stelle vorbeigekommen sein. Irgendwie hat er das Gefühl, wieder auf dem Rückweg zu sein. Er verfolgt auf dem Conix seine gestern aufgezeichnete Route und entdeckt keinen Abzweig, der auf seinen Ausflug ins Verbindungslose hindeutet. Anscheinend hat der Route-Optimizer den Weg geglättet. Verfluchter Mist!

Er geht die Straße zurück und kramt in den Erinnerungsfetzen von gestern. Sein Conix beginnt wieder zu vibrieren, aha, er ist also wieder sechshundert Meter von seinem Scope entfernt. Das orangefarbene Häuschen da vorn kommt ihm bekannt vor. Er biegt in die Seitenstraße ein. An der nächsten Kreuzung fällt ihm das blassgelbe Gebäude auf. Ah, die Holzkiste! Adrian rennt auf sie zu. Das Vibrieren verstummt. Hastig scannen seine Augen das Gelände: der Steinhaufen, eine graue Mülltonne, ein alter Mini – keine Spur von Inka. Moment mal, im Auto bewegt sich was. Er rennt zum Wagen und klopft an die Scheibe.

»Inka!«, presst er aufgeregt hervor.

Sie hebt den Kopf und er glaubt, ein Flackern in ihren Augen zu sehen, als sie die Fensterscheibe runterkurbelt und zu ihm hochschaut:

»Der eBook-Reader ist der Knaller. Ich hab' ihn gestern noch mit Strom versorgt. Es sind über vierzig Bücher drauf und das Ding hat so eine alte Software, dass es sich nicht mit dem Scope verbinden kann!«

Ein zaghaftes Lächeln klettert seine Wangen hoch.

»Wie lange bist du schon hier?« Ihr Blick verengt sich.

»Vielleicht zwei Minuten«, erwidert Adrian. »Verrätst du mir das mit dem umprogrammierten Kontaktsensor, der nicht mehr checkt, ob du oder deine Oma in seiner Nähe ist?«

Adrian kaut noch und greift gleich wieder in die Tischmitte. »Heute hast du aber Hunger! Bist du nicht schon beim fünften Vegegg-Bread?« Seine Mutter schaut ihn verwundert an. »Wo bleibt denn Opa?«, nölt sein Vater. »Der sucht schon seit einer Stunde sein Conix«, entgegnet die Mutter. Adrian schluckt den nächsten großen Bissen runter.

Sommerausflug

Gisela Masseck

Endlich hatte es seine Mutter geschafft. Herbert zog sich an, um auszugehen – alleine auszugehen. »Wenn du immer nur mich im Schlepptau hast, wirst du nie eine Frau kennenlernen. Du bist einundvierzig, es wird Zeit!«, waren ihre wiederkehrenden Worte.

Und nun saß er im Garten dieses kleinen Cafés, umgeben von schwatzenden Erwachsenen und zwischen den Tischen herumwuselnden Kindern. Er gab sich beschäftigt mit Papieren, die vor ihm auf dem Tisch lagen. Gegen seinen Willen fiel er auf in seinem beigen maßgeschneiderten Anzug mit dem grünen Hemd und der beige-grün gemusterten Krawatte, die vorbildlich gebunden war und korrekt saß. Auf dem Kopf trug er einen cremefarbenen Strohhut mit braunem Band, den er ein kleines Stück nach oben aus seiner Stirn schob und dann nicht mehr anrührte. Der Hut und die restliche Kleidung gaben ihm den Schutz, den er brauchte, um die ungeübte Situation besser ertragen zu können. Natürlich steckten seine Füße in geschlossenen braunen Lederschuhen und die im Sitzen hoch gerutschten Hosenbeine gaben den Blick auf hellbraune Socken frei. Bei achtundzwanzig Grad im Schatten musste sein Anblick Interesse an ihm provozieren, was ihm nicht bewusst war. Niemals hätte er in einer lockereren Kleidung als dieser das Haus verlassen.

Seine Unruhe zeigte sich in seinen Blicken. Er wollte vortäuschen, dass er mit seinen Unterlagen beschäftigt sei, aber jede halbe Minute schaute er kurz in seine Umgebung, wobei er den Kopf nur ein klein wenig hob, sodass sein Blick einen lauernden Ausdruck bekam. Und in gewisser Weise lauerte er auch: Gab es hier eine potenzielle Frau für ihn? Doch er wusste, und das war die Sinnlosigkeit dieses erzwungenen Ausflugs, wenn es sie gab, wenn er sie erblicken würde, wüsste er nicht, wie er es anstellen sollte, mit ihr ins Gespräch zu kommen. Der Gedanke beunruhigte ihn so sehr, dass er sich ganz in sich zurückzog und eine Weile auf den Tisch starrte. Er entdeckte seinen Cappuccino und nahm einen großen Schluck.

Zwei Frauen kamen auf seinen Tisch zu und sein Körper wurde steif. Angst stieg in ihm hoch. Eine der beiden berührte einen Stuhl und fragte, ob sie ihn haben könne. Die zweite Frau meinte: »Und diesen auch?« In Herberts gequältem Gesicht lösten sich die aufeinander gepressten Lippen und mit dem Anflug eines Lächelns sagte er: »Natürlich, gerne!« Er war froh, dass sie sich nicht zu ihm setzen wollten.

Die Erleichterung brachte ihn dazu, ganz gelassen einen Blick in die Runde zu werfen. Und da sah er sie kommen. Eine große schlanke Blondine mit langem Haar im roten Sommerkleid. Sie schaute sich kurz um und kam dann zielsicher auf seinen Tisch zu. Herbert vertiefte sich in seine Unterlagen und begann zu zittern. Ohne ein Wort zu sagen, setzte sie sich auf den noch freien Stuhl an seinem Tisch. Herbert wollte nicht unhöflich sein und hob den Kopf. Er sah, dass sie ihn fest im Blick hatte. Sie lächelte, zeigte auf die Blätter vor ihm und sagte: »Muss das sein, bei diesem schönen Wetter arbeiten?« Dabei zwinkerte sie mit ihren stark geschminkten Augen und ließ ihren ganzen Charme spielen.

»Ja, das muss«, brachte Herbert trotz seines trockenen Halses heraus und blickte wieder auf seine Blätter. Aber er war bereits von ihrer spontanen und lebensfrohen Art so gefangen, dass er all seinen Mut zusammennahm und sie wieder anschaute. Er fand sie unbeschreiblich hübsch und sexy, vor allem wegen ihres großen Dekolletés mit dem üppigen Busen. Doch so eine Frau war nicht für ihn bestimmt, das wusste er. Sie kam aus einem anderen Universum und er fragte sich, was sie von ihm erwartete. Aber er wollte dieses prickelnde Schaumbad genießen, das unerwartet für ihn eingelassen worden war. Wenigstens dieses eine Mal.

»Gut«, sagte er, »ich vergesse jetzt mal meine Arbeit. Wollen wir ein Gläschen zusammen trinken?« Er erschrak über dieses kecke Angebot, das tatsächlich aus seinem Munde gekommen war.

»Gern«, sagte sie, »ich heiße Ariane und Sie?« Dabei nahm sie seinen Hut ab und legte ihn auf den Tisch. »Damit ich Sie besser sehen kann. Und Ihre tollen schwarzen Haare dürfen Sie doch nicht so verstecken!«

Er schluckte. An solche Schmeicheleien war er nicht gewöhnt. »Ich bin Herbert«, sagte er schon etwas mutiger. »Sind Sie mit einem Aperol Spritz einverstanden?«

»Oh, ja, der tut gut bei der Hitze«, strahlte sie und rückte ihren Stuhl näher.

Die Drinks wurden schnell gebracht. Sie stießen an und nahmen einen kräftigen Schluck. Herbert, um seine Hemmungen wegzutrinken, Ariane, weil sie immer viel trank.

»Ist Ihnen nicht zu warm?«, war Arianes nächste Attacke. »Ziehen Sie doch wenigstens das Jackett aus!«

»Nein, nein«, wiegelte er ab, »ich bin daran gewöhnt.«

»Und woran sind Sie noch gewöhnt? Was machen Sie denn so den ganzen Tag, außer Akten zu studieren?«

»Ich bin Anwalt und manchmal muss ich Akten studieren, auch bei schönem Wetter.«

»Oh, da hätten Sie mir aber helfen können. Ich habe nämlich was auf dem Kerbholz. Aber jetzt ist es zu spät.« Sie ki-
cherte und hob ihr Glas. »Darauf trinken wir!«

Herbert lächelte irritiert. »Was haben Sie denn verbro-
chen?« Sollte er dieses Gespräch wirklich fortführen?

»Vergessen Sie's, trinken wir!« Ariane reichte Herbert sein
Glas und stieß wieder mit ihm an.

Herbert leerte es in einem Zug und verscheuchte seine
dunklen Gedanken. Dann bestellte er noch einmal das Gleiche. Er spürte den Alkohol im Gesicht prickeln und in seinem
Kopf begann ein kleines lustiges Männchen herumzutorkeln.

Ariane hatte sich vom ersten Moment an vorgenommen,
ihn aus der Reserve zu locken. Es machte ihr Spaß, Männer
zu knacken, wie sie sich ausdrückte. Und dieser zugeknöpfte
Kerl, dem sie schon von weitem die Verschlossenheit angese-
hen hatte, war eine vielversprechende Herausforderung für
ihre Verführungskünste.

Die nächste Runde wurde gebracht und die beiden pros-
teten sich zu. Herbert fiel auf, dass sich der Garten schon etwas geleert hatte. Unglaublich, er hatte gar nicht mehr auf die
anderen Gäste geachtet. Ob sie ihn wohl dabei beobachteten,
wie er sich von diesem frivolen Geschöpf aufweichen ließ?
Doch er verwarf diesen Gedanken, so schnell er gekommen
war. Viel wichtiger war, dass er sein Blut pulsieren fühlte,
dass eine Erregung in ihm war, die er das letzte Mal in seiner Pubertät gespürt hatte. Ihm wurde heiß und er zog wie
selbstverständlich seine Jacke aus. Ariane reagierte sofort. Sie
streichelte über seine Wange, nahm seine rechte Hand und
drückte einen zarten Kuss darauf. Herbert wurde schwindlig,
aber er ließ es geschehen und genoss es. Hatte er jemals in
solchen Gefilden geschwebt?

»Herbert, wie schön«, sagte Ariane, und während sie den
Knoten seiner Krawatte löste: »Und jetzt noch diesen Strick!«

Erschrocken sah sich Herbert um. Nur noch ein Tisch
war besetzt. Es waren die beiden Damen, die sich die Stühle

ausgeliehen hatten. Sie stierten herüber. Doch es machte ihm nichts aus. Ganz im Gegenteil: Da seht ihr, was ihr versäumt, dachte er. Ihr hättet mich beide haben können! Und vom Alkohol beflügelt nahm er Arianes Kopf in beide Hände und küsste sie auf den Mund. Er spürte, wie sie innerlich zurück wich.

»Herbert«, sagte sie, »Sie Schlingel!« Das war gegen ihre Absicht. Das Spiel musste sie in der Hand haben. Sie wollte erobern und nicht erobert werden.

Doch mit Herbert gingen jetzt die Gäule durch. »Ariane, Sie sind so ein bezauberndes Wesen, so hübsch und so gut gebaut! Nie hätte ich mir erträumt, mit so einer Frau in Kontakt zu kommen. Sie tun mir so gut und ich fühle mich wie neu geboren.«

»Das freut mich, Herbert, aber so schnell geht das bei mir nicht.« Sie wusste, dass sie sich nun einen guten Abgang verschaffen musste, denn zu mehr durfte es nicht kommen und Herbert war jetzt nicht mehr so leicht zu bremsen. Männer dazu zu bringen, sie unbedingt haben zu wollen, das war es, was sie reizte, aber küssen oder gar mit ihnen schlafen ging nicht. Diese Nähe versetzte sie in Panik. »Die Zeit ist wie im Flug vergangen, Herbert, aber ich muss nun leider gehen. Es ist spät geworden.«

»Nein, noch nicht!«, entfuhr es ihm. »Erzählen Sie mir noch etwas von sich.«

»Ich glaube, Sie wären schockiert!« Ariane lachte laut auf. »Sie haben heute meine beste Seite kennengelernt.«

»Aber wir sehen uns wieder«, hörte Herbert sich sagen. »Unbedingt muss ich Sie wiedersehen!« In seinem Inneren erklang jedoch eine mahnende Stimme: Mit der kannst du dich nirgendwo sehen lassen! Doch diese Warnung schob er beiseite und reichte ihr seine Visitenkarte. »Bitte, rufen Sie mich an!«

Ariane steckte die Karte in ihr Handtäschchen: »Lassen Sie sich überraschen!« Sie strahlte ihn an. Beide standen auf und umarmten sich. Ariane kam mit dem Gesicht ganz nah an Herberts Gesicht heran und er glaubte, sie wolle ihn küssen. Aber sie flüsterte nur »Ich mag Sie sehr!« und verließ den Garten.

Beschwingten Schrittes lief Herbert die fünf Stufen zum Café hoch, um zu zahlen. Er fühlte sich aufgedreht und lebendig wie nie zuvor. Und er war betrunken, wunderbar betrunken. Wenn Ariane sich nicht bei ihm meldete, würde er sie in der ganzen Stadt suchen. Und als Erstes würde er sich eine eigene Wohnung suchen. Seiner Mutter konnte er diese Frau nicht vorstellen.

Traum und Trauma

Schicksal

Gisela Masseck

Auf der Suche nach einem Parkplatz fährt Ralf langsam die Waldfriedhofstraße entlang. Er ist bereits am Friedhofseingang vorbeigefahren und ärgert sich bei dem Gedanken, die Strecke zu Fuß zurückgehen zu müssen. Nach weiteren zweihundert Metern sieht er endlich eine Lücke, die groß genug für seine Limousine ist. Geschickt parkt er ein, steigt aus und verschließt die Türen mit einem kurzen Druck auf den Autoschlüssel.

Sein Blick fällt ins Wageninnere auf den Beifahrersitz. Nie mehr wird Erna hier sitzen, Gott sei Dank, frohlockt er innerlich.

Vom Eingangstor aus kann er die Kapelle sehen, vor der sich bereits eine Menschentraube gebildet hat. Offenbar ist ein großer Teil seiner Angestellten gekommen. Er nimmt sich vor, prüfen zu lassen, ob alle dafür Urlaub eingereicht haben.

Mit todernstem Gesicht geht er auf die Gruppe zu. Nicht, weil ihm danach zumute ist, sondern weil er es für angebracht hält. Diese Sache muss er mit Anstand hinter sich bringen. Keiner darf auch nur den geringsten Verdacht schöpfen, wie sehr er den Tod seiner Frau herbeigesehnt hat. Zum Glück hatte er den Gedanken, Ernas Leben gewaltsam zu beenden, immer wieder beiseitegeschoben. Das Schicksal hat es gut mit ihm gemeint und ihn von der Last dieser Ehe befreit, ohne dass er jetzt Angst haben muss, als Mörder entlarvt zu werden. Er ist frei, endlich frei...

Die Prozedur am Grab lässt er mit leiser Freude über sich ergehen. Am Ende wirft jeder der Anwesenden mit einer kleinen Schaufel ein bisschen Erde auf den Sarg und reicht ihm anschließend die Hand. Manche sagen ein paar tröstende Worte zu ihm, die er mit einem »Danke« erwidert. Hierbei gelingt es ihm sogar, seine Augen feucht werden zu lassen. Er hilft sich damit, dass er an seinen kürzlich verstorbenen Schäferhund denkt.

Zuletzt steht er umringt von der Trauergemeinde am Grab. Nach ein paar Schweigeminuten macht er einen Schritt nach vorne, um noch einmal einen Blick nach unten, auf den Sarg seiner Frau zu werfen. Das wird sich bestimmt gut machen. Er bemerkt nicht, dass kurz vor seinen Füßen ein Brett liegt, auf dem er nun das Gleichgewicht verliert. Seine Hände versuchen, irgendwo Halt zu finden, aber er stößt nur den Kübel mit dem Rest der Erde um und stürzt dann in die Tiefe auf den außerordentlich teuren Sarg seiner Frau. Er fällt so unglücklich, dass er auf der Stelle tot ist.

Wintertage im Zillertal

Marion Liedtke

Sonntagabend, ich liege auf meinem Sofa und habe zum Entspannen den Fernseher angemacht, bin beim »Tatort« hängen geblieben, weil es nichts Besseres gibt. Desinteressiert verfolge ich, den Kopf leicht nach rechts gedreht, die Fernsehbilder. Als ich nach links aus dem Fenster schaue, sehe ich überraschenderweise unangekündigte Schneeflocken.

Es ist der zweite Weihnachtstag, der Schnee kam etwas verspätet, aber er kam gerade noch rechtzeitig, um diesem Weihnachten noch das gewisse feierliche Etwas zu geben. Dieses Weihnachten kann leider nie wieder so sein, wie es früher mal war, ob weiß gepudert oder nicht, denn jedes Mal muss ich dabei hauptsächlich an ihn denken.

Vor diesem gemeinsamen Wochenende in Mayrhofen im Zillertal, zu dem ich mich von Hans-Peter überreden ließ, mit dem ich zu der Zeit schon fast vier Jahre beisammen war, habe ich Weihnachten mit und ohne Schnee noch so richtig gerne gemocht. Ich liebte besonders diese unschuldige, hygienisch saubere Farbe Weiß, wenn der Schnee gerade gefallen war, noch unberührt da lag. Ich mochte diese Langsamkeit, die er mit sich brachte, und manchmal träumte ich sogar davon, dass ich meinen Hans-Peter in genau so einem reinem Weiß einmal heiraten würde.

Bei dem Blick aus dem Fenster denke ich an unseren letzten Skiurlaub vor sechs Jahren. Seitdem hat sich meine Meinung über Schnee etwas geändert, er hat das Unschuldige verloren und ist schuldig geworden. Er hat Schuld, dass ich diese Weihnachten nicht wieder in die Berge zum Skilaufen fahren will, sondern lieber im sicheren Hafen der Stadtwohnung meine Zeit verbringe. Eigentlich will ich an diese Zeit auch gar nicht erinnert werden.

Wie oft kann ich mich nicht erinnern, ob ich die Herdplatte angelassen habe, wenn ich aus dem Haus gegangen bin. Wie oft vergesse ich, ob ich meinen Schlüssel schon eingesteckt habe, manchmal vergesse ich den Geburtstag von Freunden, aber das, was ich vergessen will, vergesse ich nicht und würde es so gerne.

Wäre ich doch damals zu Hause geblieben und hätte mich nicht überreden lassen, dann wäre ich nicht dabei gewesen und alles wäre vielleicht anders gekommen. Ich hätte Weihnachten wie immer ohne besondere Aufregung gemütlich in den eigenen vier Wänden verbracht, hätte wie jedes Jahr meiner verstorbenen Eltern gedacht, Telefonate mit Tante Charlotte, der verwitweten Schwester mütterlicherseits geführt, ein Schwätzchen mit meiner Schwägerin Christine über die unpassenden Geschenke meines Bruders gehalten, dann noch kurz die Gesundheitszustände ausgetauscht, um dann erleichtert wieder aufzulegen, weil es ihr meistens noch deutlich schlechter ging als mir. Dann hätte ich wohl auch wieder eine Gans einbalsamiert, einen Mohnkuchen gebacken und wie in Kindertagen vergeblich auf das Christkind gewartet, was mir eine kleine melancholische Träne abverlangt hätte. Hätte ich auf meine innere Stimme gehört, dann hätte ich die Zeit auf dem Sofa verbracht.

Hätte, hätte, Fahrradkette. Es ist, wie es ist, und im Nachhinein nicht mehr zu ändern. Ich stehe auf und lehne mich auf die Fensterbank, die Flocken fallen wie damals sachte, nichts deutet darauf hin, dass es viel werden könnte, sehr viel. Auch an dem zweiten Weihnachtstag vor sechs Jahren fing es so langsam an.

Nach für meine Verhältnisse rasanten Abfahrten waren wir vier schließlich in die Skihütte oberhalb von Mayrhofen eingekehrt, um uns auszuruhen, einen Happen zu essen und viel zu trinken. Yogi-Tee war auch dabei. Die anderen drei waren Hans-Peter, seine ehemalige Praxisassistentin Sybille und ihr Freund Hubertus, ein schüchterner Ingenieur aus Dingolfing. Hans-Peter war bester Stimmung, ausgepowert, stolz auf sich, noch fürsorglich um mein leibliches Wohl bemüht, schon etwas angeheitert. Mit lässigem Vokabular fing er an, über seinen letzten Auslandseinsatz als ehrenamtlicher Arzt ohne Grenzen zu dozieren. Sybille und Hubertus folgten gespannt seinen Erzählungen, so wie ich damals, als ich ihn kennenlernte.

Inzwischen hatte ich die Geschichten schon zum x-ten Male gehört, denn genauso oft, wie ich ihm meine Bekannten vorgestellt hatte, genauso oft hatte er sie wieder angebracht, die Geschichten aus Miramar, dort, wo er mit kleinsten Hilfsmitteln Kranken wirklich noch helfen konnte. Er ist dort ein Held gewesen. Mein Held war er sowieso.

Da ich etwas gelangweilt davon war, hörte ich diesmal nur mit halbem Ohr hin, schaute aus dem Fenster und sah, wie die Schneeflocken fielen, so ähnlich wie jetzt. Unter der Lampe tanzten sie, um sich dann nach dem Tänzchen auf die schon weiße, noch unberührte Oberfläche zu setzen. Ich schaute auf die Uhr, es war vier Uhr nachmittags, draußen fing es an zu dämmern, die Gondeln schaukelten mit den letzten Skifahrern auf den Berg. Einige kamen gerade angefahren, schnallten die Skier ab, schüttelten sich den Schnee von ihren Skianzügen und kamen hinein in die warme Stube.

Als Hans-Peter gerade bei der Geschichte mit dem Kaiserschnitt angelangt war, die ich auch schon auswendig kannte, wurden aus den Flöckchen Flocken und aus dem Tänzchen ein Schneegestöber, so als ob Frau Holle ihr Kissen umgedreht und mit einem Mal ausgeleert hätte, man sah kaum noch etwas anderes als Weiß.

Langsam wurde mir ungemütlich. Ich dachte, mich selbst beruhigend, die anderen sind erprobt und werden sich schon auskennen, was zu tun ist. Mir wurde allerdings immer mulmiger, da ich zweifelte, ob ich mir zutrauen würde, bei so viel Neuschnee hinunterzufahren. Währenddessen wurde es plötzlich düster. Irritiertes Raunen der etwa sechzig Gäste war zu hören und jemand rief: »Hey, Licht wieder an, was soll das?« Ich höre sie immer noch, diese verstörte Stimme.

Der Wirt schrie zurück: »Na, was wohl? Du siehst doch, wie es draußen geschneit hat, da muss es eine Stromleitung erwischt haben, mach doch einfach eine Kerze an!«

Nun musste auch Hans-Peter seinen Redefluss unterbrechen, er griff nach meinem Arm. Er hatte mir bei einem unserer ersten Treffen anvertraut, dass er sich im Dunkeln fürchtet, wovor wusste er nicht, musste irgendeine Kindheitserinnerung sein. Einen Tisch weiter hatte schon jemand eine Kerze angezündet und ein kleiner Lichtschein verbreitete sich in der Hütte. Das beruhigte Hans-Peter, verschämt wischte er sich mit einem Taschentuch den Schweiß von der Stirn.

Wir schauten aus dem Fenster, es stürmte und windete mittlerweile heftig, die Schneeflocken wirbelten rastlos hin und her und blieben auf Schneewehen liegen, die bereits kleine Schneeberge waren. Der Blick nach draußen verhieß nichts Gutes, die Abfahrt schien utopisch selbst für die Geübten zu sein. Ich nippte an meinem Yogi-Tee, der schön heiß meine Kehle herunterlief und mich von innen her wärmte, und stellte mir vor, wie lange man es wohl ohne Tee oder andere Getränke aushalten könnte und wie kalt es würde, wenn die Heizung nicht mehr funktionierte und das Holz für den Kamin auch verbrannt wäre. Wie es sich wohl entwickelte, wenn das Essen ausginge und die Leute vor lauter Hunger reizbar würden und die Stimmung auf so engem Raum kippte, wollte es mir lieber nicht genauer ausmalen. Noch war es nicht so weit, noch hatten wir Hoffnung, dass der Wirt den Generator hinbekam und wir den gewohnten Standard wieder erhielten.

Allerdings schienen manche das Dämmerlicht zu ihren Gunsten zu nutzen, stellte ich etwas überrascht fest, denn ich bemerkte rechts aus meinem Augenwinkel plötzlich, wie Sybille, die mir schon vorher aufgefallen war, weil sie die ganze Zeit an Hans-Peters Lippen hing, sich ihm sehr nahe zuwandte und versuchte, ihn zu beruhigen, zu nahe, wie mir schien. War mir etwas entgangen, was ich hätte wissen müssen? Bei Kerzenschein beobachtete ich sie heimlich weiter, wie sie miteinander umgingen, und bemerkte, dass sie ihre Hand auf seinem Oberschenkel wie zufällig liegen ließ, und stutzte, weil er keine Anstalten machte, sie zu verscheuchen.

Was wäre, wenn Hans-Peter doch nicht der treue, ehrliche und aufrichtige Mann war, für den ich ihn in den letzten Jahren, seit ich ihn kannte, gehalten hatte? Was wäre, wenn Sybille, die mir erst vor Kurzem in den Ohren gelegen hatte, dass ihre Beziehung zu ihrem Hubertus, dem Bodenständigen, nicht mehr so gut laufe, sich in meinen Hans-Peter verguckt hätte und sie sich hinter meinem Rücken schon näher gekommen waren, ohne dass ich es bisher bemerkt hätte?

Hätte, hätte, Fahrradkette. Was wäre, wenn da schon länger etwas lief? Ich merkte, wie mir bei dem Gedanken das Blut in den Kopf stieg, mir heißer wurde und es anfing, mir die Kehle zuzuschnüren. Meinen Hans-Peter sollte mir keine wegnehmen und die schon gar nicht. Argwöhnisch beobachtete ich, wie sie ins Gespräch vertieft waren und sie sich, meiner Meinung nach, viel zu intensiv anschauten.

Was wäre, wenn mein Hans-Peter sie auch so attraktiv fand, wie es augenscheinlich umgekehrt war? War er nicht in letzter Zeit auffallend zurückhaltend mir gegenüber? Und hatte er sich nicht sehr zurückgezogen, weil er angeblich so viele Patienten hatte und nicht aus der Praxis herauskam? Jetzt wusste ich also warum, hier saß der lebendige Beweis für seine Zeitnot, schwante mir. Wann hatte er das letzte Mal eigentlich bei mir übernachtet, ging es mir da durch den Kopf, als Hubertus von links fragte: »Noch einen Yogi-Tee?«

Ich nahm mittlerweile den dritten, weil er mein Herz erwärmen sollte. Ob Hubertus auch schon etwas merkte? Er wirkte eher unbeteiligt und unterhielt sich mit seinem Sitznachbarn. Ich schaute mich um, die anderen Skifahrer waren anscheinend dazu übergegangen, sich der Situation zu ergeben, und bereiteten sich auf eine Nacht in der Hütte vor. Der Wirt sprach von einem Matratzenlager, das er herrichten könne, und zu essen sei auch bis morgen da. Andere wurden unruhig und riefen: »Wir müssen nach Hause, wir können nicht hierbleiben!« Auch Hans-Peter sagte, er wolle gerne zurück, aber im Dunkeln sei es zu gefährlich, und er könne es Sybille als Anfängerin nicht zumuten, bei den Verhältnissen Ski zu fahren, er legte dabei seinen Arm über die Stuhllehne hinter ihr. Ich hielt die Luft an, als ich die beiden so vertraut in meiner Gegenwart sah.

Ich war anscheinend abgeschrieben, Hans-Peter beachtete mich nicht mehr, ich fühlte mich überflüssig. Ich wurde auch nicht mehr weiter gefragt, was ich wollte, wusste aber, dass ich genug gesehen hatte, und sagte, dass ich vor die Tür gehen wolle, frische Lust schnappen, um die Lage zu erkunden.

Meine Güte, war ich eifersüchtig, verärgert und wütend auf ihn gewesen, erinnere ich mich, noch immer aufgeregt. Auf gar keinen Fall wollte ich wieder alleine und die Verlassene sein und als Betrogene, die zu dumm ist, Augenscheinliches zu erkennen, dastehen. Unbeobachtet und voller Panik, was sie mir wohl noch alles verheimlichten und hinter meinem Rücken passierte, schnallte ich meine Skier an, setzte die Skibrille auf und startete zurück ins Tal, bevor die Schneemassen mich dazu zwingen würden, auf der Hütte zu bleiben. Auch wenn es eher eine Fahrt ins Ungewisse war, da ich kaum etwas sehen konnte, aber das war mir egal. Risiko hin oder her, das wollte ich mir jedenfalls nicht länger antun.

Heute weiß ich, dass mich mehr Glück als Verstand begleitete und die Skistunden von Hans-Peter, die er mir in den letzten drei Jahren unserer Beziehung hatte zukommen lassen, besser gefruchtet hatten als gedacht. Er wäre stolz auf mich gewesen, wenn er gesehen hätte, wie elegant und furchtlos ich durch den Tiefschnee sauste, wenn es ihn noch interessiert hätte. Völlig fertig, durchgefroren und zitternd kam ich im Tal an, nahm das nächste Taxi, egal wie teuer es war, und ließ mich die ganze Fahrt von Mayrhofen bis München kutschieren, wollte bloß weg und nach Hause.

Kaum dort angekommen, ging das Telefon, auch in den nächsten Tagen mehrmals täglich. Immer erschien der Name Hans-Peter im Display, aber ich blieb standhaft und ignorierte es, denn ich wollte keine Erklärungen mehr von ihm, ich hatte genug gesehen und wollte es nicht genauer wissen, verzichtete auf Ausflüchte und Ausreden, die mich zu sehr treffen könnten. Das ist nun sechs Jahre her und erscheint mir wie gestern, so wühlt es mich wieder auf.

Vor Kurzem traf ich zufällig Hubertus, er sagte, die anderen seien damals auf der Hütte geblieben, weil Sybille es sich tatsächlich nicht zugetraut habe herunterzufahren. Hans-Peter sei dann bei ihr geblieben. Er selbst habe notgedrungen den Weg nach unten antreten müssen, weil er zu Hause seine kranke Mutter versorgen musste, der er es versprochen hatte. Er ließ die beiden daher allein. Danach sei es mit Sybille nicht mehr wie vorher gewesen, sie sei ihm ausgewichen und jeder ging von da an seine eigenen Wege. Er habe inzwischen von Bekannten gehört, dass sie in dieser Nacht noch jemanden auf der Hütte kennengelernt habe, einen Niederländer, der im Zillertal Urlaub machte, und sie bald darauf zu ihm gezogen sei. Ob sie immer noch zusammen sind, wisse er nicht. Er sei jedenfalls noch allein, sagte er gedankenverloren, suche aber wieder eine neue Partnerin, eine so ähnlich wie Sybille, nur untreu solle sie natürlich nicht sein, er habe sie so gern gehabt, es ihr leider zu selten gesagt.

»Hast du vielleicht auch gehört, was aus Hans-Peter geworden ist?«, fragte ich ihn neugierig und noch unsicher, ob ich die Antwort überhaupt wissen wollte.

Hans-Peter sei danach auch verändert gewesen, habe er erfahren, und wirke auf alle in sich gekehrt, er habe bald danach seine Praxis aufgegeben und sei ganz ins Ausland ausgewandert, wahrscheinlich Afrika. Ich schluckte, der Boden schien sich aufzutun.

»Wirklich?«

Ja, das habe er gehört, ob es stimmt, wisse er nicht. Ich konnte es nicht glauben, hätte ich den Anruf entgegengenommen, hätte ich meinen Hans-Peter vielleicht immer noch an meiner Seite.

Hätte, hätte, Fahrradkette. Das nächste Mal gehe ich auf jeden Fall ans Telefon, falls er es noch einmal probieren sollte, schwor ich mir.

Hastig wünschte ich Hubertus frohe Feiertage und viel Glück bei der Suche nach Sybille II und ging wieder in den sicheren Hafen meiner Stadtwohnung, schaute aus dem Fenster und sah den Schnee rieseln wie heute.

Blue Moon

Angelika Hein

Der glutrote Ball versank langsam hinter den Bäumen und tauchte die kleine Welt am See in das Farbenspiel der Abenddämmerung. Mara saß am Steg, ließ die Beine im Wasser baumeln und betrachtete die letzten Sonnenstrahlen, die sich auf der glatten Wasseroberfläche spiegelten. Sie war früher oft hier gewesen, aber früher war lange her. Das Fest war zu Ende, der Tag war zu Ende und vereinzelt trieben noch Segelboote den Ufern zu. Die Jungs bauten ab und verstauten wieder alles sorgfältig im Bandbus.

Sie hatten im Sommer viele Gigs am See. Ihre Musik war heiter, unaufdringlich, auch backgroundtauglich und unterstützte diese gelöste und entspannte Atmosphäre sommerlicher Nachmittage, diese unbeschwerte Leichtigkeit des Seins. Sie liebte es, mit den Jungs Musik zu machen, zu singen – und sie liebte den Applaus. Er gab ihr dieses herrlich wohlige Gefühl von Freiheit, sie selber sein zu dürfen und darin Anerkennung zu finden. Momentaufnahmen des Glücks, das oft so schwer greifbar war.

»Ready!«, sagte Gerd und wischte sich den Schweiß von der Stirn. Gerd war Schlagzeuger, Bandleader und Busbesitzer. »Ready to go?«

Mara drehte sich kurz um. »Ich würde gerne noch bleiben. Wir sehen uns morgen Abend im Proberaum.«

Die Jungs gingen zum Bus. Sie hörte noch, wie der Motor angelassen wurde, und das Knirschen der Reifen im Kies.

Mara legte sich auf den Rücken und genoss die sonnengetränkte Wärme des Holzes auf ihrer Haut. Es war mittlerweile dunkel geworden, der Beginn einer klaren und lauen Sommernacht. Die ersten Sterne blinzelten sie an, und die kleinen Wellen, die gegen die Pfähle des Steges schwappten, gaben ein warmes, samtiges Geräusch. Sie schloss die Augen und ließ den Nachmittag Revue passieren.

Sie sah die Gäste, fröhliche Menschen in festlicher Kleidung, plaudernd. Sah das lange weiße Kleid, den grauen Smoking, einander wunderbar ergänzend. Sah das alles überstrahlende Lächeln, in jeder Geste, jedem Blick, die Vertrautheit zwischen Mann und Frau. Sie hörte die Musik, ihre eigene Stimme, klar, leicht, souverän, und sie sah Jens.

Jens war neu in der Band, Saxophonist. Ein großer, schlaksiger, blonder Lockenkopf, nicht sehr gesprächig, aber in seiner Musik offenbarte er eine Menge Feeling und Können. »Blue Moon« war ihr Schlussstück im letzten Set gewesen.

»... *Blue Moon, you saw me standing alone* ...«

Ihre Stimme war plötzlich brüchig geworden – und dieser Kloß im Hals, der immer höher wanderte, Tränen ankündigte, die keiner hören und sehen durfte!

»... *without a dream in my heart, without a love of my own* ...«

Mara schluckte, ihr Blick ging zu Jens, und plötzlich hatte er sich wie selbstverständlich neben sie gestellt, fing sie auf mit seinen »fills«, die ihre Stimme so wunderbar ergänzten, und mit seinem golden glänzenden Instrument gab er ihr Halt und ihre Souveränität zurück.

»... and when I looked the moon had turned to gold! Blue Moon, now I'm no longer alone ...«

Die Melodie klang in ihrem Körper nach, sanft, zart und weich. Sie summte vor sich hin.

Leise Schritte waren auf dem Steg zu hören. Die kleinen Erschütterungen vibrierten in ihrem Körper. Mara öffnete die Augen, und zwischen den Sternen blickte sie in Jens' Gesicht.

»Der Bus war mir zu voll«, sagte er. »Wollen wir schwimmen gehen?«

Mara setzte sich auf und Jens neben sie. Sie ließen die Beine im Wasser baumeln.

»Wir waren fast fünf Jahre zusammen«, sagte Mara, »und als er mich bat, auf seiner Hochzeit zu singen, habe ich Ja gesagt. Wir waren früher oft hier, aber früher ist lange her.«

Jens sah sie an, lächelte, dann nahm er sie an der Hand und zog sie hoch.

»Mara, früher ist vorbei.«

Sie sprangen ins Wasser und ein goldgelber Mond spiegelte sich auf der glatten Wasseroberfläche. Gemeinsam schwammen sie ihm entgegen.

Wechselspiel

Gisela Masseck

Rosa läutet und Richards warme Stimmer erklingt durch die Sprechanlage: »Dritter Stock!« Ein verschnörkeltes altes Treppenhaus empfängt sie. Knarrende Holztreppen in einem auf Hochglanz gebohnerten Mittelbraun, die sich spiralförmig nach oben winden und Lebensmüden eine willkommene Gelegenheit bieten, sich durch den sich in der Mitte bildenden Schacht in die Tiefe zu stürzen. Doch danach ist ihr gerade überhaupt nicht zumute. Heiter und gelöst erreicht sie den dritten Stock und Richard, der schon grinsend im Türrahmen steht.

»Hi Rosa, schön, dass du da bist. Da können wir zu zweit vergessen, dass Weihnachten ist.« Rumms, diese Stimme, göttlich!

»Ich freu mich, Richard. Bin froh, auf einen Gleichgesinnten zu treffen. Was machen die Wiener, sind sie schon im Topf?«

»Natürlich, was denkst du denn. Und der Kartoffelsalat steht auf dem Tisch.«

Genau darauf hat sie sich gefreut. Ein einfaches Essen und ein ordentlicher Schluck Alkohol und danach ins Bett. Ob hier oder zu Hause, wird sich zeigen. Sie kennt Richard ja erst seit ein paar Tagen. Wie gut, dass Marc dieses Jahr unbedingt seine Eltern besuchen wollte. Das ganze Brimborium, das er am Weihnachtsabend braucht, bleibt Rosa dieses Mal Gott sei Dank erspart. Und vielleicht schafft sie es mit Richard ja, Marc endlich zu verlassen.

Emma hat die große Auswahl. Die Abteile im Zug sind fast leer. Hier und da ein paar verstreute Reisende. Kein Wunder um diese Uhrzeit am Heiligen Abend. Sie kuschelt sich in einen Sessel am Fenster eines Viererabteils und legt die Beine hoch. Wie konnte ich nur vergessen, wie schlimm es Weihnachten zu Hause ist, denkt sie. Ich bin einfach zu lange nicht mehr dort gewesen. Mutter steht in der Küche und jammert über die viele Arbeit und Vater räuchert mit seiner Zigarre das Wohnzimmer ein, in dem wir dann die Geschenke auspacken sollen. Für mich gibt's eh nur ein Nachthemd und warme Unterwäsche mit der Bemerkung »Emma, du weißt, wie wichtig es ist, dass du dich warm anziehst. Du warst lange genug krank«. »Ja, Mama, die schwere Bronchitis ist so lange her, dass ich mich kaum erinnern kann« ist meine sich kaum verändernde Antwort. Nun liegt das Geschenk zuunterst im Koffer und bald würde es im Kleidersack der Caritas verschwinden. Wenn Mutter wüsste, dass Emma nackt schläft und ihre Unterwäsche aus einem BH und einem Tanga besteht.

Richard wird Augen machen, dass ich so schnell wieder zurück bin, sinniert Emma weiter, aber Vater ist einfach zu weit gegangen mit seiner Bemerkung, dass ich stinkfaul sei und mit meinem Studium schon vor drei Semestern hätte fertig sein können. So eine Gemeinheit. Wo er doch weiß, dass ich fast jeden Abend Büros putzen gehe und wegen ständiger Überlastung nur langsam vorankomme. Mit seinen 200 Euro komme ich nicht weit.

Richard ist nun doch ein wenig ungemütlich zumute. Es war vielleicht ein Fehler, Rosa zu sich einzuladen. Alleine die Dinge im Bad auszusortieren, die auf eine Frau hinweisen, war schon eine Heidenarbeit. In der Küche brauchte er erst gar nicht anzufangen. Welcher Mann würde diese speziellen Kochutensilien und die vielen Gewürze haben und erst recht keiner, der am Weihnachtsabend Kartoffelsalat mit Wienern isst. So entschließt er sich, Rosa den Gang in die Küche zu verbieten. »Setz dich, Rosa, und lass dich verwöhnen. Ich seh' doch, wie viel du im Tizian arbeiten musst. Und den ganzen Abend stehen. Heute darfst du dich ausruhen.«

Einer Führung durch die Wohnung geht er mit der lockeren Bemerkung »Mit meiner Junggesellenlebensart möchte ich dich verschonen!« aus dem Wege. »Das Wohnzimmer habe ich aber extra für dich aufgeräumt.« Rosa atmet auf. Gott sei Dank nicht so einer wie Marc, der jeden Krümel mit dem Handstaubsauger beseitigt.

Nach dem Essen und zwei Flaschen köstlichen Weißweins machen es sich beide mit einer Flasche Rotwein auf der mit einem kuscheligen Fell bedeckten blauen Couch bequem. Sie sind schon etwas mehr als beschwipst und erzählen sich Anekdoten aus ihrem Leben. Und jeder fragt sich insgeheim, ob er den Seitensprung wirklich wagen soll. Richards Zweifel hat der Alkohol weggefegt. Er legt »Chasing Cars« auf und Rosa lehnt den Kopf an seine Schulter. Die Musik endet und Stille ist im Raum. Es ist so still, dass sie hören, wie sich der Schlüssel in der Wohnungstür dreht, diese aufgemacht und geschlossen wird.

Und dann kommt Emma herein. Richard steht bereits, wie zur Salzsäule erstarrt, und Rosa schaut verwundert auf Emma. Emma sieht bestürzt auf Rosa, dann auf Richard, dreht sich um, geht hinüber ins Schlafzimmer und knallt die Türe zu.

»Hey, Richard!«, sagt Rosa gedehnt und grinst. »Ro… Ro… Rosa«, stottert Richard und windet sich. Rosa zieht ihre

Schuhe an, reißt im Flur den Mantel und ihre Tasche von der Garderobe und wirft die Tür hinter sich zu. Sie läuft die Holztreppe hinunter und denkt: Blöd gelaufen, Richard.

Letzte Vorstellung

Angelika Hein

Ihre kurzen, dunklen Haare waren zerzaust, das leichte Sommerkleid klebte am Körper. Lotte war völlig außer Atem, aber sie hatte es geschafft. 22.30 Uhr, letzte Vorstellung. Das kleine Foyer war fast leer und vereinzelt drängten noch Besucher in den Kinosaal. Der Werbeblock lief bereits.

Sie liebte es, alleine ins Kino zu gehen, den Film nur für sich zu genießen, spontane Entscheidungen zu treffen, niemandem Rechenschaft ablegen zu müssen.

Sie ging zur Kasse. »Eine Karte bitte«, sagte sie zur Dame hinter Glas, legte den Zehneuroschein in die braune, drehbare Plastikschale und erwartete die Karte mit den zwei Euro Restgeld.

»Es tut mir leid, die Vorstellung ist ausverkauft!«

Lotte sah die Kassiererin ungläubig an. »Aber nur eine Karte – vielleicht ein Notsitz?«

Ein bedauerndes Kopfschütteln war die Antwort. »Es wurden auch alle reservierten Karten abgeholt!«

Das Foyer war mittlerweile leer. Lotte lehnte sich ratlos an die Theke neben der Kasse, steckte den Zehneuroschein wieder ein und betrachtete das Kinoplakat. »Vor der Morgenröte« und auf grellrotem Grund »Heute letzte Vorstellung«. Ein Film über den österreichischen Schriftsteller Stefan Zweig.

Enttäuscht ging sie zurück zum Ausgang und wäre fast mit einem älteren Herrn in hellem, leicht verknittertem Leinenanzug zusammengestoßen, der eilig auf die Kasse zusteuerte. »Entschuldigung!« Ihre Blicke trafen sich. Sein schmales Gesicht mit Schnauzbart, der kleinen randlosen Brille und den streng links gescheitelten, graumelierten Haaren wandte sich kurz zu ihr um. Lotte blieb stehen, hörte noch Dialogfetzen von der Kasse her, sah, wie die Kassiererin auf sie deutete, und ging zielsicher auf ihn zu. Er hielt wedelnd zwei Karten hoch. »Wollt' grad eine zurückgeben«, sagte er. »Da ham's aber Glück g'habt!« Er drückte Lotte eine davon in die Hand. »Jetzt aber schnell!«

Der Vorhang ging auf, es wurde dunkel im Saal. Der Hauptfilm begann und sie fanden ihre Plätze, hinterste Reihe Mitte. »Vielen Dank!«, flüsterte sie, dann tauchte sie ein in das Filmgeschehen, lebte, fühlte und vergaß alles um sich herum.

Der Film war zu Ende, der Saal leerte sich. Sie blieben beide sitzen, bis der Abspann zu Ende war.

»Ein wunderbarer Film!«, sagte Lotte. »Darf ich Ihnen die Kinokarte bezahlen?« Sie zückte den Zehneuroschein.

»Ich würd' Sie gern einladen«, sagte er, »zu am Viertel oder Achtel. Ham's net Lust auf an kleinen Spaziergang durch Wien? Is' so a schöne Sommernacht.« Sein unverkennbarer Wiener Dialekt hatte diesen warmen, charmanten und nonchalanten Ton, der Zeit und Raum vergessen ließ.

»Es ist spät«, sagte sie etwas verunsichert. Ein kurzer Moment der Angst wich ihrer Neugier. Sie nickte. »Gerne.«

Die Kinositze klappten geräuschvoll zurück.

Sie standen auf der Straße und gingen eine Zeitlang schweigend nebeneinander her.

»Sie san net aus Wien«, sagte er unvermittelt.

»Nein«, sagte sie. Lotte war neu in Wien, hatte in Hamburg Journalistik und Literaturwissenschaften studiert, über österreichische Literatur promoviert und den Job bei der »Wiener Zeitung« bekommen – Kulturredaktion.

»Wien ist meine Heimatstadt!«, sagte er. »Ich hab' lang hier in Wien und in Salzburg gelebt und gearbeitet. Dann musste ich«, er zögerte, »umständehalber ins Ausland. Is' lang her. Aber manchmal komm' ich für ein Wochenende wieder zurück, mit meiner Frau. Sie war heut' leider nur etwas ... unpässlich.« Er lächelte sie an.

»Wien ist eine wunderbare Stadt, so lebendig, mit so viel Tradition und Geschichte!«

Er führte sie in ein kleines Café, sie tranken ein Vierterl, ein Achterl, und er lud sie ein zu einer Fiakerfahrt durch das nächtliche Wien. Er zeigte ihr die vielen Seiten dieser Stadt. Den Prater, den Stephansdom, die Hofburg, das Burgtheater... Sie unterhielten sich über Kunst, Architektur, über Literatur, und Lotte hatte das Gefühl, als würden sie sich schon ewig kennen.

»Wussten Sie, dass Stefan Zweig in den Zwanzigerjahren der meistgelesene und meistübersetzte Schriftsteller der Welt war?«, fragte Lotte.

»Ach ja?«, erwiderte er.

Sie erzählte weiter. »Der Film zeigt ja nur die letzten zwei Jahre seines Lebens im Exil. Er ist hier in Wien geboren, hat Philosophie studiert, stammte aus reicher Familie und pflegte einen großbürgerlichen Lebensstil!« Sie lächelte etwas süffisant. »Und auch in Sachen Frauenbekanntschaften und Liebschaften war er nicht gerade kleinlich. Er reiste viel und schrieb auch zu Lebzeiten sehr erfolgreich. Um dem ersten Weltkrieg zu entgehen, ging er dann in die Schweiz, heiratete, und zog dann Jahre später nach London, denn in Deutschland waren erste Zeichen des Nationalsozialismus spürbar. Seine Werke eines ›Juden per Zufall‹, wie er sich selber bezeichnete, wurden abgelehnt. Jude per Zufall?« Lotte schüttelte den Kopf. »Haben Glaube und Religion etwas mit Zufall zu tun?«

Lotte fuhr fort. »Nach fast zwanzig Jahren Ehe ließ er sich scheiden und bereits ein Jahr später heiratete er diese Charlotte Altmann, seine um über dreißig Jahre jüngere Sekretärin. Dreißig Jahre Altersunterschied!«, wiederholte sie, erneut kopfschüttelnd, »mit der er dann 1940 nach Brasilien ins Exil reiste, um dem Zweiten Weltkrieg zu entgehen. Kriege konnte er aufgrund seiner finanziellen Möglichkeiten immer geschickt umschiffen. Tja, wenn man Geld hat«, sie seufzte. »Haben sich dann beide 1942 in Brasilien umgebracht, wie man im Film gesehen hat.«

»Sie sind ja sehr informiert«, stellte er erstaunt und bewundernd fest.

»Ja, er war ein interessanter Mann, aber warum ist er immer nur abgehauen?«, fragte Lotte echauffiert. »Er hätte doch so viel bewirken können – mit seinem Einfluss, seinem Geld, seinen Gedanken als Intellektueller. Warum hat er seine Frau verlassen und ist mit dieser Sekretärin wieder abgehauen? Warum hat er sich umgebracht und dieses junge Ding mit in den Tod genommen? Sie war gerade mal dreißig Jahre alt, so alt wie ich! Eine ständige Flucht, eine Flucht vor dem Leben?« Lottes Gesicht glühte. »Er mag ein Pazifist und begnadeter Schriftsteller gewesen sein, aber war er nicht auch ein Feigling? Muss man sich nicht einmischen, sich den Herausforderungen des Lebens stellen und für seine Ideale kämpfen?«

Er hatte ihr aufmerksam zugehört und sah sie nachdenklich an. »Sie ham ja recht«, sagte er. »Aber auch Schriftsteller sind Menschen, auf der Suche nach Freiheit und nach a bisserl privatem Glück. Ist es Zufall oder Bestimmung, in welche Zeit und in welche Umstände man hineingeboren wird? Denken is' a Privileg, aber Politik und Macht hat nix mit Vernunft oder Verstand zu tun. Schaun's doch die Geschichte an, alles wiederholt sich! Vielleicht muss man sich einfach nur sein eigenes, kleines Leben einrichten, seinen Frieden, seine

Wurzeln finden und den Augenblick genießen. Schaun's die zwei kleinen Pferderl an.«

Er lehnte sich entspannt zurück und sie lauschten eine Zeitlang dem gleichmäßigen Klappern der Pferdehufe. Lotte hatte sich Antworten erhofft und war überrascht über die pragmatische Abgeklärtheit ihres nächtlichen Begleiters. »Die Pferderl haben Scheuklappen!«, sagte sie leise.

Der Fiaker setzte sie ab und sie saßen auf dieser kleinen schmiedeeisernen Bank im Park, mit Blick auf die Donau. Die ersten Sonnenstrahlen... die Morgenröte begann.

»Ich muss gehen«, sagte er, »meine Frau wartet auf mich.« Er strich ihr zärtlich übers Haar. »Schreiben's! Schreiben's einfach, was Sie denken und fühlen. Und finden's Ihre Wurzeln, nur wer Wurzeln hat, hat auch eine Zukunft.« Er stand auf. Ein Taxi stand wie bestellt auf dem Seitenstreifen im Park. Er drehte sich noch kurz um, winkte ihr zu und stieg ein. Der Wagen war verschwunden.

Lotte saß auf der Bank an der Donau, die Sonne schien ihr ins Gesicht. Sie kramte in ihrer Tasche und betrachtete lange die Kinokarte. »Vor der Morgenröte.« Auf der Rückseite, in kleiner, altmodischer Handschrift: »Für Charlotte – in Liebe Stefan.«

LIEBESMÜH

Meerestiefenpsychologie

Marion Liedtke

Seit der zufälligen Begegnung mit meiner großen Jugend-
liebe, dem inzwischen durch viele Veröffentlichungen fast
weltweit bekannten Meeresbiologen aus Kiel an der Ostsee,
dem ich nach fast zwanzig Jahren mit Anfang Dreißig plötzlich zufällig in meiner Wahlheimat München über den Weg
gelaufen war, entwickelte sich diese besondere Vorliebe zur
Unterwasserwelt. Ein Relikt unserer Affäre, die sich aus diesem Treffen ergab und nur von kurzer Dauer war.

Ich erinnere mich, als ob es gestern passiert wäre. Er ging
gerade geschäftig, mit wirren Haaren, wie es sich für einen
Wissenschaftler gehört, und übergroßem karierten Blazer von einem von ihm gehaltenen Vortrag in der Ludwig-
Maximilians-Universität am Geschwister-Scholl-Platz die
Ludwigstraße in München stadteinwärts, und ich kam ihm
auf Höhe des Springbrunnens schlendernd entgegen. Da keiner mit dem anderen gerechnet hatte, beäugten wir uns im

Vorbeigehen erst schüchtern und leicht befremdlich, dann folgte der kurze freudige Ausruf, der uns beiden auf die Stirn geschrieben schien: »Mensch, wir kennen uns doch!« Und schon hörte man als Außenstehender förmlich die Groschen fallen. Wie von einer Tarantel gestochen kam er begeistert auf mich zu, umarmte mich und sagte, was man so sagt, wenn man sich lange nicht gesehen hat: »Wow, siehst du gut aus, du hast dich ja kaum verändert!«, was mich vor Freude gleich erröten ließ. Von einer Sekunde zur nächsten fühlte ich mich um Jahrzehnte zurück gebeamt, direkt in sein Jugendzimmer, in dem die ersten Annäherungsversuche meinerseits gescheitert waren und das damals von Fischen und Würmern nur so wimmelte. Bei seinem überraschenden Anblick war ich sofort wie vom Blitz getroffen und auf Knopfdruck wieder verknallt bis über beide Ohren.

Er, der gut aussehende große, etwas ältere Bruder meiner besten Freundin aus Jugendzeiten, der Schwarm mehrerer Mädchen in den höheren Parallelklassen des gemeinsam besuchten Gymnasiums, stand nun leibhaftig vor mir und hatte mich umarmt, besser konnte es nicht laufen. Ich atmete tief durch.

Endlich schien die Freude nicht einseitig und ich war in seinen Augen nicht mehr nur die jüngere, pubertierende Freundin seiner kleinen Schwester, die er gerne von oben herab behandelte oder die für einen gemeinen Scherz unter seinen Kumpels herhalten musste, nur nicht ernst genommen wurde, was damals sehr an meinem erst heranwachsendem weiblichen Selbstwert nagte, aber meiner heimlichen Bewunderung für ihn keinen Abbruch tat. Als ich dann mit Anfang Zwanzig nach München zog, verloren wir uns aus den Augen und ich ihn aus dem Sinn.

Er, der schon mit achtundzwanzig Jahren Habilitierte, der erst vor Kurzem aus Florida nach Deutschland zurückgezogen war, gab mir seine Visitenkarte und lud mich nach unserem Geplänkel zu sich an die Ostsee ein, da er in München nur kurz beruflich weile und er wieder zurück in den hohen Norden müsse, wo er einige Mäuler zu stopfen habe, wie er augenzwinkernd hinzufügte. Welche Mäuler vergaß ich vor Aufregung zu fragen.

Das ließ ich mir natürlich nicht zweimal sagen. Wie fremdgesteuert holte ich gleich am nächsten Tag am Ostbahnhof die Zugfahrkarte für das kommende Wochenende, ganz nach dem jahrelang in der Kindheit soufflierten Rat meiner Mutter »Schmiede das Eisen, solange es heiß ist«, eine dieser Lebensweisheiten ihres perforierten Tageskalenders, dessen Seiten sie nicht abriss, sondern nur sparsam umblätterte, um ihn im nächsten Jahr wiederzuverwenden. Die Sprichwörter, die sie mir jeden Tag seit der Grundschule mit auf den Schulweg gab und die sich dadurch jährlich wiederholten, schienen nun ihre Wirkung zu zeigen.

Vielleicht auch hektisch angespornt von folgender Aussage, die sie mir in späteren Jahren gerne auf ihre selbst gebastelten Geburtstagskarten schrieb und die aus ihrer Sicht durchaus hoffnungsvoll gemeint war: »Zu deinem Geburtstag alles Liebe und Gute!« Und darunter: »Auch ein blindes Huhn findet mal ein Korn – vielleicht endlich im nächsten Lebensjahr, das wünscht dir von Herzen deine sich sorgende Mutti!«

Jedenfalls war er mehr als überrascht, als ich mit meinem Hartschalenkoffer einige Tage später vor seiner Tür stand – mich ankündigen hielt ich nicht für notwendig – und es durchaus so aussah, als ob ich länger bleiben wollte. Ganz nach dem Motto »Was lange währt, wird endlich gut« – ein Kalenderspruch aus dem Monat September, wenn ich mich recht erinnere – kam ich voller Optimismus.

Schon eine Stunde nach meiner Ankunft, zerstreut und beschäftigt, wie er war, hatte er wohl vergessen, dass ich seinetwegen gekommen war, und nahm stattdessen meinen

Besuch zum Anlass, mich zu seiner persönlichen Studentin auszubilden, der er in seinem Haus, umgeben von geschätzt mehr als hundert Aquarien, versuchte, in begeisterten Worten nicht nur den Stammbaum seiner Lieblinge einzutrichtern, sondern auch deren Eigenarten und Verhaltensweisen nahe zu bringen. Bei meinen schüchternen Verständnisfragen wurde er mitunter sehr ungeduldig, fuchtelte dann mit seinen Händen durch die Luft und schien an meiner Auffassungsgabe zu verzweifeln, die – zugegebenermaßen – diese Flut an Informationen nicht gewohnt war und die er dann ruppig mit mir bekannt vorkommenden Sprüchen wie »Besser stumm als dumm« oder »Aus nichts wird nichts« quittierte.

Als ich dann doch mal ganz stolz eine lateinische Bezeichnung eines dieser wortlosen, langweilig hin und her schwimmenden Forschungsobjekte meinen Gehirnwindungen abrief, kamen statt eines Lobes Sätze wie »Eine Schwalbe macht noch keinen Sommer« aus seinem Mund, was mich nicht gerade besonders motivierte.

Seine anfänglich – beim Wiedersehen in München noch mir geltende – verzückte, zumindest von mir so interpretierte Verhaltensweise verschob sich schon nach ein paar Stunden meines Aufenthaltes in Selbstverliebtheit und auf seine schuppigen Freunde, die sich seiner Aufmerksamkeit nicht erwehren konnten, die ich so gerne gehabt hätte.

Als er am nächsten Tag nach dem Frühstück, beim morgendlichen Schwimmen in der Ostsee, die von seinem Garten aus erreichbar war, auch noch vorschlug, jedes einzelne schwimmende Lebewesen zu keschern, genauestens zu inspizieren, in die jeweilige Spezies namentlich einzuordnen und dann wieder freizulassen, muss das wohl der Anfang für diese eigenartigen Spuren gewesen sein, die unsere Begegnung hinterlassen hat.

Anders kann ich es mir nicht erklären, warum ich sehr kurz danach wie antrainiert anfing, Menschen gedanklich nicht mehr einfach in die allgemein gängigen Schubladen zu stecken, wie ich es vorher zur Orientierung getan hatte, wenn ich jemanden kennenlernte, sondern sie automatisch in Fischarten kategorisierte.

Vielleicht hatte dazu auch beigetragen, dass ich bei ihm nicht eine Nacht ruhig schlafen konnte und es wie Gehirnwäsche auf mich wirkte, wenn er auch noch abends versuchte, mich mit tierischen Zungenbrechern wach zu halten, die er bevorzugt im Bett von sich gab, aus dem er alle zehn Minuten flüchtete, weil er dachte, er habe das Geburtsereignis einer seiner laichenden Schwimmkugeln verpasst. Mehrmals, immer schneller werdend musste ich wohl oder übel Sätze wie »Mischwasserfischer heißen Mischwasserfischer, weil Mischwasserfischer im Mischwasser Mischwasserfische fischen« wiederholen, bis er mit meiner Aussprache zufrieden war und ich so müde, dass er vor mir nichts mehr zu fürchten brauchte.

Vielleicht aber auch dadurch gefördert, dass er mich zwischen zwei leidenschaftlichen Blicken in seine Aquarien zärtlich »meine süße Meerjungfrau« nannte, dabei geistesabwesend meine Beine streichelte und ich ihm intuitiv »meine Feuerqualle« zuhauchte, weil ich spontan fand, dass das zu ihm am besten passe, so glitschig, mittlerweile leicht wabbelig und feurig, wie er auch sein konnte. Er war glücklicherweise zu vertieft in seine wissenschaftlichen Beobachtungen, verstand daher die Anspielung nicht und, wie hinterhältig es gemeint war, sondern empfand seinen neuen Kosenamen sogar als Kompliment.

Beim Blättern in einem seiner herumliegenden Fachbücher hatte ich in den letzten Tagen meines Besuchs diese Beschreibung zur Feuerqualle, lateinisch Cyanea capillata, gefunden, die noch andere Eigenschaften von ihm hatte, die ich nicht treffender hätte formulieren können. Er konnte nämlich in einem Moment zwar sehr charmant sein, aber im nächsten auch so spitze Bemerkungen machen, die an manchen sensiblen Tagen meine Haut zu durchdringen schienen, genauso wie ich es von den mikroskopisch kleinen Harpunen seiner tierischen Namensgeberin gelesen hatte. Seine Worte wirkten dann wie das Nesselgift dieses Meerestieres und lösten bei mir sofort nach seinen linkischen, eher versehentlichen Berührungen diese dort beschriebene brennende Kontaktallergie aus, die sehr schmerzhaft sein konnte, so dünn war mittlerweile mein äußeres und inneres Nervenkostüm, das sich durch sein unerwartet wechselhaftes Verhalten entwickelt hatte. An manchen Tagen kam es bei mir sogar zu der Übelkeit und den dort aufgeführten Kopfschmerzen, welche die Feuerqualle mit ihren Tentakeln auslösen kann und die ich nun bestätigen konnte.

So kam es, dass ich ihn am Ende meines Aufenthalts am liebsten mit seinen eigenen Labormessern seziert hätte, um wenigstens einen wissenschaftlichen Preis für meinen persönlichen Einsatz zu bekommen. Zum Glück kam es nicht dazu, ich reiste heimlich und freiwillig nach vierzehn Tagen ab, nachdem ich vergeblich auf Besserung der Situation gehofft hatte.

Schon im Zugabteil auf dem Rückweg von Kiel nach Hause kam mir im Abteil ein dünner Hering, so groß wie eine Bohnenstange, entgegen, der mir als Ablenkung jetzt gerade recht kam und sich neben mich ans Fenster setzte. Vor ihm musste ich mich nicht fürchten, so harmlos wie er aussah. Er entpuppte sich im Gespräch als zartbesaitetes Kerlchen, etwas schwach auf der Brust, aber durchaus liebenswert. Nur wirkte er völlig orientierungslos, da er seine Sportkumpels im Gewühl verloren hatte, von denen er mir während der Fahrt genauestens erzählte und mir auch voller Begeisterung von allen ihren erfolgreichen wie erfolglosen Spielen seines Basketballteams berichtete. Das tat er mit einem Glanz in den Augen, den eine Frau bei ihm wahrscheinlich nie auslösen würde, dachte ich für mich. Auch der echte Hering der Gewässer, wusste ich mittlerweile aus den Fachbüchern, wird panisch und verliert die Orientierung, wenn ihm sein Schwarm verlorengeht.

Diese Art der meeresbiologischen Typbeschreibung gefiel mir, daher blieb ich dabei und stellte im Laufe der Zeit fest, dass – zufällig oder nicht – der Vergleich mit der Unterwasserwelt nicht nur in diesem Fall, sondern auch in vielen anderen den Nagel auf den Kopf traf. Es wurde so etwas wie ein geflügeltes Wort, wenn meine Freundin Sabine mich fragte: »Na, wen hast du denn nun diesmal wieder an der Angel?« Ich entgegnete dann zum Beispiel:

»Diesmal scheint es ein besonders toller Hecht zu sein, ein Isar-Hecht, jedenfalls hält er sich dafür.«

»Wieso nennst du ihn Hecht?«, fragte sie dann.

»Weil er zu Aggressivität neigt und sich schwer züchtigen lässt«, meinte ich in einem der Fachbücher gelesen zu haben. Hatte allerdings züchten mit züchtigen verwechselt.

»Schwer zu züchtigen, wieso willst du ihn züchtigen?«, fragte sie mich verständnislos.

»Meine Liebe, früher oder später züchtigt jede Frau ihren Fang, wie sie ihn haben will, und man muss sich ja nun nicht unbedingt bei den schon von vornherein bekanntlich schwer Erziehbaren die Zähne ausbeißen«, erwiderte ich dann.

Damit war das Thema Hecht für diese Woche erledigt und es war klar, ein Hecht wird es nicht sein, und wenn aus gewissem Notstand doch, würde ich zu einem meiner perfiden Tricks greifen und würde ihn zu einem meiner legendären gemeinsamen Badesee-Ausflüge einladen. Wenn er dann vor mir ins Wasser ginge, wie auch die meisten anderen Isar-Hechte vor ihm, mit denen ich ein kurzes Techtelmechtel hatte, und er im See ein paar Runden schwämme, würde ich seine Sachen packen und verschwinden. Danach würde ich mich wie sonst auch immer hinter einem Baum verstecken, um genüsslich zu beobachten, ob er dann als toller Hecht frierend und ohne Badehose immer noch eine so gute Figur macht. Die kleine Rache der Entnervten.

Andere gab es im Verlauf meiner späteren Bekanntschaften, die einem wie ein Aal durch die Finger glitten, kein Rückgrat hatten und sich leider auch genauso anfühlten. Es handelte sich dann um eine nicht veränderbare, genetisch festgelegte Eigenschaft, die auch mit weiblicher Raffinesse nicht wegzudiskutieren war, wie ich schnell erfahren musste, und die mich dann lieber unerreichbar in meine eigenen Oberwasserwelten abtauchen ließ.

Auch Karpfen traf ich in meinen nächsten Jahren, bauchige, Fett ansetzende Männer, die mir über die weihnachtlich melancholische Feiertagsperiode hinweggeholfen haben, die dann aber im neuen Jahr schon den schimmernden Glanz verloren. Nichts für die Zukunft.

Auch eine Regenbogenforelle mit ihrem verschmitzten Wesen machte mein Leben eine kurze Zeit bunter, schwamm allerdings wie die Lachse meistens gegen den Strom und wurde mir schnell zu anstrengend.

So wurde der ein oder andere im Laufe der Jahre nach Überprüfung der inneren und äußeren Werte schnell wieder der freien Wildwasserbahn zurückgegeben und ich überließ sie getrost den anderen Hoffnungsvollen.

Heute packe ich mal wieder meine Angelausrüstung und setze mich an meinen geliebten Starnberger See, ziehe meinen schönsten Bikini an, den mit dem farbenfrohen Blumenmuster, werfe den Angelhaken aus und warte geduldig, bis hoffentlich endlich der Richtige anbeißt. Wie hatte meine Mutter doch jedes Jahr vorgelesen: »Geduld ist ein Baum, dessen Wurzel bitter ist, dessen Frucht aber sehr süß ist.« Mal sehen, ob etwas dran ist.

So ein stattlicher weißer Hai, der Stärke ausstrahlt, der irgendeinen Chefarztposten innehat und um den meine Freundin Sabine und vor allem meine Mutter mich beneiden sollten, das wär's, denke ich und schlafe dabei träumerisch in der warmen Frühlingssonne ein.

Gegenfurtner

Heike Krapf

ber wenn wir in die Versandkosten die Umwege aufgrund von Staus nicht mit einberechnen, ist das Schön-
färberei.« Carina beendet das Telefonat mit Herrn Gegenfurtner. Wie gewöhnlich sind sie nicht einer Meinung. Er
organisiert den Versand der Reifen weltweit und interessiert
sich nicht die Bohne für Kostenrechnung. Das wird sich
noch ändern, denkt Carina, ab nächstem Jahr wird er an den
Zahlen gemessen werden.

Sie fühlt sich gut, nachdem sie den Hörer aufgelegt hat.
Ihre Argumente haben seinen Einwänden standgehalten. Darin sonnt sich ihr Verstand bekanntermaßen gerne. Doch die
Grußformeln aus dem Telefongespräch »Hallo Frau Schroth«
und »Dann also bis zum nächsten Mal« wiederholen sich in
ihrem Kopf immer wieder und der Nachhall von Gegenfurt-
ners Stimme pflanzt sich in ihrem Körper fort. Seltsam, denkt
sie noch, da wird sie von ihrer nächsten Arbeitswelle schon
wieder mitgerissen. Sie detailliert bereits die Planung für das

kommende Jahr. Die klare Weitsicht gepaart mit blitzschnellem Kopfrechnen ist eines ihrer Erfolgsgeheimnisse als Controllingleiterin.

Beim Mittagessen in der Kantine sieht sie zwei Tischreihen entfernt Gegenfurtner mit seinen Kollegen sitzen. Zufällig treffen sich ihre Blickbahnen. Innerhalb weniger Sekunden entsteht eine solide Schienenverbindung zwischen ihren Augenpaaren, auf der Schnellzüge in atemberaubendem Tempo hin- und herfahren. Mit Mühe wendet sich Carina ihrem Teller zu und zirkelt die Gabel mit den aufgewickelten Spaghetti in den Mund. Im Augenwinkel sieht sie Gegenfurtner aufstehen. Als er an ihr vorbeigeht, riskiert sie einen kurzen Blick. Sie fühlt sich wie im Abenteuerurlaub.

Am Nachmittag wird Carina vom Alltag mit seinen Meetings wieder eingeholt. Sie verlässt das Büro um sieben, um noch ein paar Strahlen der Augustsonne zu erwischen. Während ihrer Laufrunde schiebt sich alle paar Minuten dieser Gegenfurtner wie ein Werbeblock in ihren Gedankenstrom. Seine großen Hände mit den feingliedrigen Fingern lassen, selbst wenn er sitzt, eine überdurchschnittliche Körpergröße vermuten. Die Hüften scheinen ihr etwas zu schmal geraten, obwohl sie einem plakativen Ideal recht nahe kommen. Ihr fällt die Linie des Haaransatzes auf, die ausgehend von einem Scheitel einen perfekten Rahmen um die Stirn bildet. Vielleicht ist er so alt wie sie oder ein bisschen jünger. Sie beschleunigt ihr Lauftempo.

Unter der Dusche taucht eine Szene in ihrer inneren Bilderwelt auf. Carina stellt darin ihrem Vater einen neuen Mann vor. Ihre Beziehung zu diesem Mann ist selbstverständlich und eingespielt. Der Vater findet sofort einen guten Draht zu ihm. Die Welt scheint in Ordnung gekommen zu sein.
Jetzt fällt ihr der Ursprung dieser Szene wieder ein: Sie wurde letzte Nacht in ihrem Traum aufgeführt. Wohlige Wär-

me breitet sich von ihrer Bauchmitte in den ganzen Körper aus, während die Wassertropfen gemütlich an ihr abperlen. Ihre Schultern werden locker und die Fußsohlen verbinden sich mit dem Boden. Dann erkennt sie den Mann, den sie ihrem Vater vorgestellt hat: Es ist Kollege Gegenfurtner.

Die nächsten Tage verbringt sie mit ständigen Gegenfurtner-Werbeclips in weichgezeichneten Bildern, von seiner Stimme untermalt. Egal ob am Schreibtisch, im Meeting, beim Einkaufen, oder im Auto. Je später der Abend wird, umso häufiger die Einspieler. Nachts im Bett kann sie nicht einschlafen, sie durchlebt Urlaube, Wochenenden und romantische Abende mit dem Kollegen.

Was ist das für eine seltsame Geschichte, fragt sich Carina, ich kenne ihn ja nicht erst seit gestern. Gegenfurtner hat kurz vor ihr bei Reifen Rundel angefangen. Seit fünf Jahren arbeiten sie mehr oder weniger zusammen. Seit vier Tagen nun belagert er ihre Gefühlswelt in grenzenlosem Ausmaß.

Von der Liebe auf den ersten Blick hat sie schon gehört. Aber noch nicht von der auf das 288. Telefonat! Sie versetzt ihrem Kopfkissen einen Schlag und hofft, endlich einschlafen zu können.

Am nächsten Morgen ist sie beim Weckerklingeln von unbekannter Geborgenheit umgeben. Nach dem ersten Schluck Kaffee flicht sich eine Szene in ihren Wachzustand ein: Gegenfurtner öffnet die Tür seines Hauses. Carina tritt ein und geht in gewohnter Weise Richtung Wohnzimmer. Dort streckt sie ihre Beine auf seinem ockergelben Sofa aus und ist zu Hause.

Freundinnen

Angelika Hein

Jetzt stell' dich nicht so an! Jeden Tag gehen Beziehungen auseinander und du benimmst dich, als wäre dein Leben zu Ende. Also jammer' nicht rum! Er war ja nicht gerade ein Traumprinz. Ich hab's sowieso nie verstanden, was du an ihm findest. Er hat dich doch nur ausgenutzt! Zugegeben, er hat Charme, und na ja, Musiker haben immer eine gewisse erotische Ausstrahlung...«

Lisa konnte so gnadenlos sein. Sie duldete keine Sentimentalitäten und kein Selbstmitleid. Aber sie hatte ja recht. Keiner hatte es verstanden, am wenigsten sie selbst. Ein Jahr lang für ein »verkanntes Genie« das eigene Ich zu opfern, grenzt an Masochismus, aber Mona war wie paralysiert, das Kaninchen vor der Schlange, hypnotisiert von RONNY, dem WESEN AUS EINER ANDEREN WELT, das so verdammt gut aussah und ihr als kreative Offenbarung erschien.

»Ich geb' dir vier Wochen«, sagte Lisa , »dann bist du drüber weg. Die Zeit heilt alle Wunden. Ruf mich an, wenn dir die Decke auf den Kopf fällt.«

Mona rief nicht an und es vergingen fast vier Monate, vier harte Monate, bis sie wieder einigermaßen klar denken konnte, die Wunden anfingen zu heilen und sie wieder Boden unter den Füßen fühlte.

Sie traf Lisa nach dem Konzert, Backstage. Lisa sah blass aus, tiefe Ringe unter geröteten Augen. »Hallo!« Die Begrüßung war kurz und kühl.

Eine Wolke aus Alk und Zigos kam auf sie zu. RONNY, das WESEN AUS EINER ANDEREN WELT näherte sich, eine üppige, grell geschminkte Blondine im Arm. Ihr tief dekolletiertes Bustier spannte bedrohlich über ihren Brüsten. Mona wich einige Schritte zurück.

»Lisa-Darling«, sagte das Wesen, »darf ich dir Susan vorstellen, unsere neue Sängerin.«

Er umarmte Lisa, hakte sie unter, rechts Blondie, links Lisa, blickte selbstsicher in die überschaubare Runde vorwiegend weiblicher Fans, die mit gezückter Autogrammkarte in Warteposition standen … und entdeckte Mona. Sichtlich irritiert schwenkte er sich und das Frauenpaket in ihre Richtung. »Hi … du hier? Backstage? Auf meinem Konzert?«

Blondie drückte sich eng an Ronny. Der oberste Knopf ihres Bustiers hielt dem Druck nicht länger stand, flog in hohem Bogen … und landete direkt in Monas Cocktailglas, schäumte die orangefarbene Flüssigkeit auf, brachte sie zum Perlen, umkreiselte den schwarzen Strohhalm, taumelte noch kurz und blieb erschöpft auf dem Grunde des Glases liegen.

Lisa löste sich aus der Umarmung, sah Mona verlegen an: »Is' nich' so wie du denkst.«

Mona grinste und ihr Blick glitt über Blondies Kurven und das Fanhäuflein in Warteschleife.

»Is' ok Lisa! Zugegeben, er hat Charme, und Musiker haben ja immer eine gewisse erotische Ausstrahlung.« Sie wandte sich der Wolke aus Alk und Zigos zu. »Ich bin beruflich hier, Ronny«, sagte sie. »Ich habe den Job als Redakteurin bei »Music-express« bekommen, schreib' Kritiken, mittlerweile auch für die »SZ« und den Bayerischen Rundfunk. Du kannst es sicher am Wochenende nachlesen. Ich will nicht vorgreifen, aber ehrlich gesagt, das Konzert...« Sie schüttelte den Kopf. »Schlechte Musik, schlechte Performance, banale Texte, und der Gesang... !« Sie drückte Blondie das Glas in die Hand. »Ich glaube kaum, dass die Band eine Chance hat, und unsere Leser und Hörer sollten das wissen!«

Dann drehte sie sich zu Lisa um.

»Glaub mir Lisa, die Zeit heilt alle Wunden und er ist ja nicht gerade ein Traumprinz. Ruf mich an, wenn dir die Decke auf den Kopf fällt.«

Im Parkcafé

Gisela Masseck

Es ist heiß. Dreißig Grad im Schatten. Die Gartenplätze im Parkcafé sind alle belegt. Ich gehe hinein, setze mich an einen Tisch an der Tür. Hier drinnen ist es kühl. Ich lehne mich zurück und genieße die angenehme Temperatur, die meinem erhitzten Körper guttut. Ich liebe diesen Raum mit seiner plüschigen Einrichtung. Die bequemen Polstersessel und die kleinen Sofas sind mit dunkelrotem Samt bezogen. Auf den niedrigen Glastischen stehen Jugendstilvasen in unterschiedlichen Formen und Farben. Immer stecken ein oder zwei frische Blumen darin.

Eine Frau betritt das Café und setzt sich an den Nebentisch. Sie ist alt. Vielleicht Ende siebzig. Ihre anthrazitfarbene Kleidung ist abgetragen und ungepflegt. Die grauen Haare sind im Nacken zu einem Knoten zusammengesteckt, der in jedem Moment auseinanderzufallen droht. Unruhig zupft sie an ihrer Kleidung.

Die Bedienung kommt vom Garten herein. Eine junge, schlanke, dezent geschminkte Frau. Schweißperlen stehen auf ihrer Stirn, und das lange blonde Haar, das sie zum Pferdeschwanz zusammengebunden hat, ist an den Ansätzen feucht. Sie wirkt gestresst. Sie kommt an meinen Tisch und ich bestelle ein Glas Apfelsaft. Dann wendet sie sich der alten Frau zu. Diese schiebt die Getränkekarte von einer Hand in die andere und sagt holprig: »Eine Tasse Kaffee Hag, bitte.«

»Wir haben Café Crème, Latte Macchiato, Cappuccino oder Espresso. Alles auch entkoffeiniert«, quillt es gedankenlos aus dem Mund der Bedienung hervor.

Die Frau schaut verlegen auf die Karte. »Ich nehme eine Tasse Tee«, stößt sie hervor.

»Earl Grey, ist das recht?«, fragt die Bedienung ungerührt. Die Alte nickt.

Mein Blick bleibt an ihr hängen und erst, als sie kurz zu mir herüberschaut, bemerke ich mein distanzloses Verhalten. Während ich den Kopf abwende, wird mir bewusst, wie sich die Hilflosigkeit der alten Frau als schneidender Schmerz in meinen Magen bohrt. Sie erinnert mich an meine Mutter, die nach Jahren der Abwertung durch meinen Vater ihre Selbstsicherheit verloren hatte. Wie oft hatte er zu ihr gesagt: »Wie dumm du bist! Du hast ja nichts gelernt, warst nur das Dienstmädchen deiner Eltern, bis ich dich da rausgeholt habe.«

Eine Szene steigt in mir hoch, an die ich lange nicht mehr gedacht habe. Ich muss etwa zehn Jahre alt gewesen sein. An einem Samstagnachmittag klingelte überraschend Vaters Chef an unserer Tür. Vater bat ihn ins Wohnzimmer und noch bevor er die Tür schloss, sagte er laut in den Flur hinein: »Schade, dass Sie meine Frau nicht kennenlernen können. Sie macht gerade Einkäufe. Aber unsere Zugehfrau wird uns einen Kaffee machen.« Kurz danach erschien er in der Küche, wo meine Mutter und ich ihn bestürzt ansahen, und sagte: »Mach uns Kaffee. Ich hole ihn dann.« Und scharf fügte er hinzu: »Und lass' dich nicht blicken!« Mutter verlor bei seinen Worten jegliche Farbe im Gesicht. Mit zitternden Händen bereitete sie den Kaffee zu. Sie hatte keinen Mut und keine Kraft mehr, um sich zu behaupten.

Ähnlich wie diese Frau, die nun eingeschüchtert mit eingefallenem Oberkörper auf der Stuhlkante sitzt.

Die Bedienung bringt unsere Getränke und die alte Frau sagt schnell: »Ich möchte gleich zahlen.«

»Zwei achtzig«, sagt die gereizte Blondine.

Die Frau öffnet ihr altmodisches schwarzes Lederhandtäschchen, greift hinein, stutzt, schiebt einige Dinge hin und her, schaut voller Entsetzen in die Tasche und lässt sie dann zuschnappen. Dann knipst sie den Verschluss wieder auf, sucht erneut zwischen den Sachen und lässt schließlich ihre Hand in der geöffneten Tasche liegen.

»Was ist nun?«, fragt die Bedienung.

»Ich habe mein Portemonnaie vergessen«, presst die Alte heraus. Noch ehe die Reaktion der schwitzenden jungen Frau kommt, sage ich atemlos: »Ich mach' das schon«, und zu der alten Frau gewandt, »darf ich Ihnen aushelfen?«

Sie antwortet nicht, schaut mich nur tief beschämt an. Ich gebe der Bedienung drei Euro und bin erleichtert, dass sie nun endlich geht. In meinem Kopf ist ein Chaos. Ich weiß nicht, was ich sagen oder tun soll. Die Alte greift zu ihrem Tee, nimmt einen Schluck, steht dann ermattet auf und wankt hinaus. Sekunden später kommt sie zurück, schaut mich mit gehetztem Blick an und fragt: »Wohin darf ich Ihnen das Geld bringen?«

»Das ist schon in Ordnung so«, stammle ich. »Ich lade sie ein.« »Danke«, sagt sie verwirrt und wendet sich abrupt ab. Ich fühle mich hilflos, so hilflos wie ich mich meiner Mutter gegenüber immer gefühlt habe.

Ich stelle mich an die Tür, schaue der Frau nach. Der Knoten in ihrem Haar hat sich nun ganz aufgelöst.

Alle Jahre wieder

Nicola Scheifele

Blamm – die Metalltür schlägt zu, das Schloss schnappt ein. Julia Reinhardt ist allein mit ihrer Klientin. Karg ist der Raum eingerichtet, den Neonlicht in grelles Licht taucht: drei Holztische mit je zwei Plastikstühlen. Regenschlieren laufen an den vergitterten Scheiben herunter. Am hintersten Tisch in der Ecke entdeckt die angehende Rechtsanwältin ihre Mandantin: Gitta Roth-Baumgartner sitzt aufrecht, den Blick starr geradeaus gerichtet. Das kastanienbraune Haar der schlanken, vollbusigen Frau um die 50 lockt sich um ein ansprechendes Gesicht. Sie muss bei Männern gut angekommen sein, denkt Julia Reinhardt, die an den Tisch tritt, den Stuhl nimmt und sich setzt.

»Guten Morgen Frau Roth-Baumgartner! Sie wissen, warum ich heute zu Ihnen komme?«

Ein kaum wahrnehmbares Nicken, das die junge Anwältin ermutigt fortzufahren: »In drei Tagen ist Ihre Verhandlung.

Bisher haben Sie geschwiegen. Als Ihre Pflichtverteidigerin muss ich Sie heute zum letzten Mal befragen, um endlich eine Verteidigung für Sie aufbauen zu können. Mein dringender Appell an Sie, bevor ich das Mandat niederlege. Bitte beantworten Sie meine Frage: Warum haben Sie das getan?«
Ihr Gegenüber senkt die Lider, blickt ins Leere und sagt – nichts.

»Frau Roth-Baumgartner, wenn Sie weiterhin schweigen, kommen wir nicht weiter! Geben Sie mir einen Anhaltspunkt! Wollen Sie ins Gefängnis?« Julia Reinhardt wird laut. »Alles spricht gegen Sie! Es wird lange dauern, bis Sie rauskommen. Haben Sie daran gedacht?«

Keine Reaktion.

»Wenn Sie endlich draußen sind, stehen Sie vor dem Nichts. Wollen Sie das?« Julia Reinhardt redet sich in Rage. Sie malt ihrer Klientin die Konsequenzen aus: den grauen Gefängnisalltag, die eintönige Arbeit hinter Gittern, die Schikanen unbarmherziger Mitgefangener, das Alleinsein in der Zelle hinter verschlossener Tür.

Nichts regt sich in Gitta Roth-Baumgartners Miene. Die Anwältin kommt ins Schwitzen. Sie bricht ab, schaut auf das Grau der Wand, schweigt jetzt ebenfalls. Das Gericht hat sie zur Pflichtverteidigerin berufen, da die Angeklagte keinen Anwalt nehmen will. Es soll ihr erster Prozess werden. Wenn sie ihre Mandantin nicht vertreten kann, wird sie so bald keinen Fall mehr zugewiesen bekommen. Ein böses Omen, nachdem sie das Jurastudium gegen den Willen ihrer Eltern durchgesetzt hat. Strafverteidigerin! Ihre einzige Tochter, die von allem Übel dieser Welt möglichst ferngehalten werden soll. Sie spürt Tränen aufsteigen, kämpft dagegen an. Umständlich nestelt sie ein Papiertaschentuch aus ihrer großen Businesstasche, die sie auf dem Boden abgestellt hat.

Als sie aufblickt, sieht sie, dass Gitta Roth-Baumgartner ihr Tun aufmerksam beobachtet. Julia Reinhardt glaubt, sich erklären zu müssen: »Wenn Sie nicht auspacken, kann ich einpacken«, flüstert sie.

Gitta schaut ihr in die Augen – der erste direkte Blickkontakt nach drei ergebnislosen Besuchen. Ein Blick, der Julia durch und durch geht, bei ihr etwas auslöst. Gitta könnte ihre Mutter sein. Warum ihr nicht sagen, worum es für sie bei dem Fall geht?

»Sie ... Sie sind meine erste Mandantin. Wenn Sie mir nicht helfen, wird es ewig dauern, bis ich wieder einen Fall zugewiesen bekomme. Ich bin jetzt Anfang 30, die biologische Uhr tickt, wenn ich Kinder will, ich möchte endlich auf eigenen Beinen stehen, Sie ... das heißt Ihr Fall ist der erste Schritt in meiner Karriere ...« Julia hört, dass ihre Stimme schriller wird. Hilfe, sie hat sich nicht mehr im Griff, sie kann ihre Mandantin nicht anbetteln. Hastig greift Julia nach ihrer Aktentasche und will aufspringen. Nichts wie raus!

»Kinder? Karriere? Pah!«, schnaubt Gitta plötzlich und ballt die eine Hand zur Faust, während sie mit der anderen Julias Arm packt. »Ich erzähle Ihnen, wie es war!«

Julia verharrt in ihrer Bewegung, bleibt sitzen. Schweigt. Gitta räuspert sich:

»Seit zwölf Jahren lebe ich in dem Reiheneckhaus. Als alte Stadtmaus war das nie mein Traum, dafür der meines Mannes: keine Miete, Herr im eigenen Haus, eine Garage zum Schrauben, ein Garten für den Grill, viiiel Ruhe – das waren Michaels schlagende Argumente, nachdem seine Mutter gestorben war und ihm sein Traumhaus vermacht hatte.

Ein Gedanke trieb mich an, dem Umzug aus unserer Stadtwohnung zuzustimmen: Mit mehr Platz wäre mein Mann vielleicht bereit, eine Familie zu gründen. Als ich es ansprach, murmelte er: ›Warum nicht, wenn es sich ergibt.‹

So zogen wir in die Vorstadt. Auch wenn mein Weg zur Arbeit – ich bin Consultant bei einer Unternehmensberatung – jetzt eine Stunde länger dauerte. Als unser Vorstand kurz darauf das Arbeiten im Homeoffice förderte, war ich zunächst erleichtert. Ich hoffte insgeheim, dass es der Familiengründung zuträglich sei, wenn ich nicht jeden Morgen aus dem Haus hetzen müsste und mehr daheim wäre. Doch dann fingen Michaels Einsätze im Ausland an – und die Nachbarin zog ein.«

Gitta schweigt und schaut an Julia vorbei auf die vergitterten Fenster.

»Und dann? Was war dann?«, fragt Julia leise.

Gitta streicht eine Haarsträhne aus dem Gesicht, als wolle sie etwas wegwischen. »Sandra kam nicht allein. Sie zog mit ihrem Mann und den beiden Kindern ein. Ein Junge und ein Mädchen – klassisch und perfekt, wie alles in Sandras Leben, die Teamleiterin im mittleren Management eines großen Logistikkonzerns ist. Mein Mann war ebenfalls nicht mehr allein. Das merkte ich, als ich – ebenfalls klassisch – sein Sakko in die Reinigung mitnehmen wollte: In der Tasche fand ich eine Restaurantrechnung über zwei Fünfgängemenüs samt Getränken, ausgestellt in einem der hiesigen Gourmettempel. Und zwar an dem Tag, als er angeblich auf Geschäftsreise in Italien war. Der Zahlungsbeleg seiner Scheckkarte war drangeheftet.

Sandra und Michael verstanden sich prächtig, obwohl mein Mann sich anfangs darüber lustig gemacht hatte, wie generalstabsmäßig sie ihr ›kleines Familienunternehmen‹ leite.« Gitta deutet mit ihren Zeige- und Mittelfingern die Anführungszeichen in der Luft an. »Da traf sich, was zusammengehört: Ein ewig grün angehauchter Linksliberaler in den besten Jahren und eine Angehörige der Generation, die gerne alles teilt – solange es nicht ihr gehört. Ständig brauchte sie etwas: eine Leiter, um Äste abzuschneiden, die Säge, die Heckenschere, Dübel, Schmirgelpapier; von mir eine Kuchenplatte, Backformen, Gläser fürs Marmeladeeinkochen, das Raclettegeschirr, eine Pfanne für ihren neuen Campingwagen oder unseren Grill für Sandras Gartenparty, zu der sie mich notgedrungen einladen musste. Ständig klingelte es. Entweder rückte sie an oder delegierte die Aufgabe an ihre Kinder, ihren Mann, den Babysitter oder die Putzhilfe. Ihr Sohn kam, um das Hausaufgabenblatt kopieren zu lassen. Während Sandras Mutter zu Besuch war, lieh diese mein Fahrrad für eine Shoppingtour in die Stadt aus. Tags darauf stand die Babysitterin vor der Tür, um von mir ein PDF ihrer Zeugnisse ziehen zu lassen. Und die Kleine klingelte mindestens dreimal die Woche – meist, wenn ich einen Anruf in der Leitung hatte. Angeblich hatte sie ihren Schlüssel vergessen. Sandra hatte natürlich einen Ersatzschlüssel bei uns deponiert – mit Michaels ausdrücklicher Erlaubnis. Bald bestimmte die Nachbarin unser – besser gesagt – mein Leben. Noch ein Beispiel gefällig?«

Julia nickt.

»Nachdem mein Mann nach langem Betteln für mich ein Vogelhäuschen vor unsrer Terrassentür aufgestellt hatte, bat Sandra ihn wenig später, es vor ihr Küchenfenster zu rücken. So könnten ihre Kinder die Vögelchen besser beobachten. Michael erfüllte ihren Wunsch sofort. Futter nachlegen durfte natürlich ich.

Auf allen Kanälen prasselten die Wünsche herein: ›Kannst du morgen früh die Zeitung reinholen? Wir sind morgen nicht da‹, simste Sandra mir an einem Sonntag Mittag. Da ich nicht reagierte, schickte sie abends die Babysitterin vorbei, um mich daran zu erinnern. Dazu kam, dass sie alles, was von uns nicht zu haben war, im Internet bestellte. Ich kenne sämtliche Paketboten, die in unserer Gegend zustellen. Da gibt's echt charmante Jungs...«

Gitta zwinkert Julia schelmisch zu.

»Wo war ich stehengeblieben? Ach ja: Im Flur stapelten sich täglich Pakete und Päckchen, die eins der benachbarten Familienmitglieder gerne dann abholte, wenn ich mich gemütlich im Fernsehsessel niedergelassen hatte. Öffnete ich nach dem dritten Klingeln nicht, wurde Sturm geläutet, bis ich an der Tür stand, um brav das geschickte Gut auszuhändigen.

Beschwerte ich mich bei meinem Mann, dass die Nachbarn mich ständig belästigten und ausnutzten, wies er mich barsch zurück. Ob es in der Stadt keine Nachbarschaftshilfe gegeben hätte? Ich verwies darauf, dass Finn, Sandras Sohn, schließlich zehn Euro für eine Viertelstunde Rasenmähen verlangt hatte. Er lachte mich aus: ›Da spricht wieder mal die geizige Schwäbin!‹ Eines Tages würde ich noch froh sein über das gute Verhältnis zu unseren Nachbarn! Michael hatte leicht reden. Er war kaum zu Hause anzutreffen. Höchstens am Wochenende. Wenn er spät abends heimkam, war der Spuk vorbei. Dass ich permanent bei der Arbeit und in meiner Freizeit gestört wurde, störte ihn überhaupt nicht.

Umso mehr freute ich mich, als er im November ankündigte, dass er über Weihnachten frei habe. Gemütliche Feiertage ohne Pläne und Verpflichtungen, nur wir zwei zu Hause. Ich fing sofort an, alles für das Fest der Feste vorzubereiten. Zuerst kaufte ich einen Baum, den ich eine Woche vor Heilig Abend in festlichem Rot-Gold schmückte. Mein Mann fand das zwar albern und sparte nicht an ironischen Kommentaren, ließ mich aber gewähren. Ich buk Plätzchen, wagte mich an Zimtsterne, setzte Punsch an. Voll Vorfreude dekorierte ich jede freie Stelle mit Sternen, Engeln, Schneemännern, Nikoläusen. Für jeden Feiertag kaufte ich ein Festessen und brachte das Haus auf Hochglanz, während ich fröhlich die Weihnachtslieder meiner Kindheit trällerte. Alle Jahre wieder, kommt das Christuskind ...« Gitta summt weiter und blickt gedankenverloren auf den Fleck an der Wand gegenüber.

»Und dann?«, fragt Julia, nach einer Minute Stille.

»Dann war alles bereit.« Gitta lächelt Julia an.

»Am Heiligen Morgen standen wir spät auf. Michael hatte seit Langem mal wieder einen Annäherungsversuch im Bett unternommen. Das wertete ich als ein gutes Zeichen; ich ließ mich – trotz meines Verdachts – darauf ein. Es war über Mittag hinaus, bis wir am reich gedeckten Frühstückstisch saßen. Bei Rührei, Speck, Orangensaft, frisch aufgebackenen Semmeln und einem perfekten Cappuccino aus der neuen Kaffeemaschine. Die hatte ich mir vorab zu Weihnachten gegönnt, nachdem wir vor ewigen Zeiten vereinbart hatten, uns nichts mehr zu schenken. Im Hintergrund dudelte Weihnachtsjazz.

Eine Welle längst verloren geglaubter Zärtlichkeit durchflutete mich, für unsere Beziehung standen alle Zeichen wieder auf Grün – bis es kingelte, ein zweites Mal, dann Sturm.

Ich schaute auf die Uhr: kurz vor drei. Wer konnte das sein? Es würde bald dämmern. Michael zuckte mit den Schultern. Dring, dring, dring! Ich stand auf. Vielleicht der Paketbote, der eine Überraschung für mich brachte? Dring, dri… ich öffnete die Tür.

Draußen stand in der kalten Winterluft Sandra. Leicht bekleidet mit Pailletten-T-Shirt und Leggings, barfuß, mit lila lackierten Fußnägeln in ihren türkisfarbenen Crocsandalen. Eine Gänsehaut überlief mich bei ihrem Anblick. Ich überlegte nicht lange und bat sie herein. ›Schnell, sonst erkältest du dich. Hast du den Schlüssel vergessen?‹

Schwupp stand sie am Tisch und begrüßte Michael mit einer herzlichen Umarmung.

›Ach, ihr seid noch am Essen?‹ Gierig schielte sie auf die Schale mit den Weihnachtsplätzchen, sodass ich sie reflexartig einlud: ›Setz’ dich doch, magst du eine Tasse Cappuccino?‹

›Ja, aber nur ganz kurz. Ich muss gleich wieder rüber.‹ Schon saß Sandra am Kopfende des Tischs zwischen uns und schlürfte nach mehreren Zimtsternen und Vanillekipferln seelenruhig ihren Cappuccino. Gebannt, wie die Maus vor der Schlange wartete ich, was kommen würde. Sie schaute sich um. ›Schön habt ihr es. Was für ein toller Baum!‹

Geschmeichelt und triumphierend nickte ich Michael zu. Meine Mühe hatte sich also doch gelohnt!

Nach ein wenig Smalltalk samt Berichten über die Fortschritte der Kinder kam Sandra zur Sache: ›Ich wollte euch um einen Gefallen bitten.‹

Dingdong! Statt Weihnachtsglöckchen bimmelten bei mir plötzlich sämtliche Alarmglocken. Michael beugte sich vor: ›Ach ja, was können wir für meine Lieblingsnachbarin tun?‹

›Bevor ich es vergesse: Ich sehe, ihr kocht Kartoffeln – für morgen brauchen wir ein paar.‹ Michael sprang beflissen auf: ›Im Keller sind noch welche.‹

Während er nach unten stapfte, überlegte Sandra, was sie über die Feiertage gebrauchen könnte. Ihr Blick blieb am Baum hängen. ›Echt putzig, die Eichhörnchen, die gefallen Leonie bestimmt.‹ Ich überhörte die Bemerkung und war erleichtert, dass Michael bereits wieder aus dem Keller auftauchte – in der Hand einen Korb voll mit meinen leckeren Nicola-Kartoffeln. ›Kannste alle haben!‹ Ehe ich protestieren konnte, hatte Sandra den Korb geschnappt.

›Eigentlich bin ich ja wegen was anderem gekommen.‹ Sie stockte. Michael ermunterte sie lächelnd und mit einem Kopfnicken fortzufahren.

›Tja: Leonie glaubt noch ans Christkind, aber Finn will ihr das ausreden. Daher wollen wir die beiden foppen und sie überzeugen, dass es das Christkind gibt. Nachher gehen wir in die Kirche. Könnt ihr währenddessen unsere Geschenke unter den Baum legen und die Kerzen anzünden? Dann glauben sie, das Christkind war da.‹

Michael war sofort Feuer und Flamme. ›Klar, das machen wir. Wann sollen wir denn zu euch rübergehen?‹

Ich wagte einzuwenden, dass es gefährlich sei, Kerzen unbeaufsichtigt brennen zu lassen.

›Sei kein Spielverderber!‹, fuhr mir Michael über den Mund. ›Alles kein Problem!‹, wandte er sich generös lächelnd an Sandra, die ihn verschwörerisch anlächelte.

Umständlich erklärte sie, wie sie sich den Ablauf vorstellte. Währenddessen brach draußen die Dämmerung herein. Meinen vorweihnachtlichen Spaziergang bei Sonnenschein, den ich vorgehabt hatte, konnte ich endgültig knicken.

Stattdessen lauerten wir am Fenster, bis die gesamte Familie zum Kirchgang verschwunden war. Hurtig huschten wir hinüber, um wie befohlen die Geschenke aus dem Keller zu holen. Danach sollten wir auf Sandras SMS-Kommando zum Kerzenanzünden warten. Obwohl mir bei alldem nicht wohl war, ging ich mit. Zu zweit würden wir es schneller erledigen. Als wir die Kellertür öffneten, sahen wir die Bescherung beziehungsweise sieben Kisten prall gefüllt mit Päckchen, jede einige Kilo schwer. ›Kannst du die hochbringen? Du weißt, mein Kreuz‹, meinte Michael. Und weg war er. Ächzend schleppte ich das Zeug die eng gewundene Kellertreppe hoch. Bestimmt war für uns ebenfalls was dabei. Als nach einer Dreiviertelstunde das letzte Päckchen unterm Baum lag, liebevollst von Michael arrangiert, war ich eines Besseren belehrt. Weder er noch ich waren bedacht worden. Plong machte es – die SMS war auf Michaels Smartphone angekommen. ›Sie kommen gleich, lass' uns die Kerzen anzünden!‹ Michael entriss mir die Streichhölzer und entfachte ein Licht nach dem anderen. ›Fertig, lass uns gehen!‹

Die Flämmchen flackerten, als wollten sie mir etwas signalisieren. ›Gleich‹, sagte ich zu Michael. ›Unten liegt noch ein Geschenk, geh schon mal voraus‹ ›Gut, aber beeil dich!‹

Ich war allein. Draußen war es dunkel, drinnen flackerte der Kerzenschein, die Lichter zwinkerten mir zu: ›Los! Worauf wartest du noch?‹

Wahllos griff ich in den Geschenkehaufen. Das erste Päckchen warf ich zaghaft, es landete auf dem untersten Zweig, rutschte ab. Da hatte ich das zweite in der Hand: Zack, jetzt traf ich besser. Die erste Kerze knickte um, fiel herunter. Ihre Flamme entzündete Geschenkpapier. Ich schnappte das nächste Päckchen, schleuderte es mit Schmackes an die Baumspitze, die daraufhin wackelte. Mit einem Knistern ging ein Strohstern in Flammen auf. Bald loderte der ganze Baum. Ein Freudenfeuer für mich. Noch ein Päckchen, und noch eins. Ich feuerte, was das Zeug hielt. Inzwischen brannten auch die restlichen Geschenke, ein glühender Ast fiel aufs Sofa… Hände klatschend stand ich davor, tanzte und warf, was mir in die Hände kam. Und mit jedem Päckchen wurde mir leichter ums Herz.«

Vier Wochen später. »Ruhe im Saal!«, ruft der Richter und wendet sich an die Strafverteidigung. »Frau Reinhardt, was haben Sie zur Verteidigung von Frau Gitta Roth-Baumgartner vorzutragen?«

Als Julia sich erheben will, kommt Gitta ihr zuvor. Sie steht auf und schaut sich um, ihr Blick fällt auf Sandra, die dicht neben Michael auf der Klägerseite sitzt.

»Tut mir leid, Julia«, murmelt sie. Dann verkündet sie laut: »Frau Reinhardt hat nichts vorzutragen. Ich bekenne mich in allen Punkten schuldig – ich bereue nichts! Ich würde es jederzeit wieder tun. Alle Jahre wieder…« Gitta summt leise vor sich hin.

Das Böse

Die Schneefee

Angelika Hein

Tom saß auf den Stufen vor ihrer Haustür, mit einem verklärten Lächeln und dunklen, glitzernden Augen. Er schien die Kälte nicht zu bemerken. Sein Mantel war offen und er versuchte die Schneeflocken einzufangen, die vor seiner Nase tanzten.

»Tom, was machst du hier draußen?«

Tom erhob sich mühsam. »Meine Schlüssel sind weg – einfach weg!« Er machte diese typische Handbewegung. Die Handflächen schicksalsergeben nach oben gerichtet, Schulterzucken. »Die Schneefee hat sie mir abgenommen. Verloren.« Er grinste sie an. »Ich hab auf dich gewartet, bei Salvatore, haben Rotwein getrunken. Sorry.«

Anna sperrte die Haustür auf. Es war der Abend des 26. Dezember und sie kam zurück von ihren Eltern. Sie hatte Weihnachten bei ihnen verbracht. Die Tage und Abende waren ausnahmsweise sehr harmonisch verlaufen und es war spät geworden. Sie war gut gelaunt.

»Lass uns noch was trinken«, sagte Tom. »Ich will feiern! Ich muss dir was erzählen.«

»Glaubst du nicht, es ist genug Tom?« Anna ging durchs Wohnzimmer und rückte das Bild gerade. Sie hasste Unordnung.

Tom sah ihr aufmerksam zu. »Lass das Bild und sei nicht so spießig!« Er kam auf sie zu, und dieser Geruch, dieser süßliche Geruch, der oft am nächsten Morgen noch im Schlafzimmer hing, war penetrant und aufdringlich. Sie kannte diesen Geruch seit vielen Jahren, aber es gab Zeiten, da war er besser, als der Geruch von Einsamkeit, der nach nichts roch und wie ein kalter Spiegel die Wände überzog. Tom stand dicht vor ihr und sie sah diese dunklen, glitzernden Augen, die durch sie hindurchschauten, entrückt in eine andere Welt blickten, zu der sie keinen Zugang mehr hatte. Sie wollte nicht, dass er sie berührte.

Anna holte die Flasche Wein aus dem Kühlschrank, zündete sich eine Zigarette an und schenkte ihm ein. Sie sah den Rauchkringeln nach. »Wie geht's deiner Mutter?«, fragte sie.

Tom nahm das Glas und leerte es in einem Zug. »Gut«, sagte er. »Schöne Grüße! Es gab Lammbraten mit Rosmarinkartoffeln, mein Lieblingsessen.« Er schenkte sich nach und schien zu überlegen. »Es kann nur auf dem Weg zu meiner Mutter passiert sein – die Schlüssel mein' ich.« Toms Mutter wohnte nur ein paar Straßen weiter und er hatte die Weihnachtstage bei ihr verbracht. »Ich hab auch schon den ganzen Weg abgesucht, aber bei diesem Schneetreiben die letzten Tage ...« Er stand auf. »Ich hab wieder 'nen Job«, sagte er unvermittelt.

»Wie schön«, sagte Anna.

»Ja, ist das nicht toll? Aber dazu muss ich ein paar Tage verreisen. Ich werde dir alles in Ruhe erzählen, wenn ich zurück bin. Du weißt, es bringt Unglück, wenn ich vorher zu viel erzähle. Freust du dich?«

»Aber natürlich Tom.«

Er schenkte sich nochmal ein. Die Flasche war mittlerweile fast leer. »Warum trinkst du nicht mit mir! Es wird sich alles ändern, ich verspreche es! Wenn ich zurück bin, wird sich alles ändern.« Er setzte sich wieder. »Mir ist irgendwie nicht gut«, sagte er plötzlich. »Ich glaube, ich hab' wirklich zu viel getrunken.«

Anna half ihm aufs Sofa und strich ihm über die Stirn. »Tja«, sagte sie, »du solltest etwas vorsichtiger sein, mein Lieber. Ruh' dich aus und geh' früh schlafen, damit du fit bist für deine Reise.« Tom murmelte noch etwas von schwindlig und kalt.

»Das geht vorbei«, sagte Anna und holte ihm die Decke. Sie ging zurück in die Küche, goss den Rest der Flasche in den Ausguss, spülte sorgfältig das Glas und stellte es zurück in den Schrank. Toms Mantel lag noch im Flur auf dem Boden, und seine nassen Stiefel hatten eine Pfütze hinterlassen. Sie wischte den Boden und hängte den Mantel an die Garderobe. Der Inhalt seiner Manteltasche lag verstreut auf dem Boden. Sie nahm das kleine weiße Päckchen und entsorgte den Inhalt im Klo. Dann nahm sie den Zettel mit der Telefonnummer und wählte sorgfältig die Handynummer.

Eine Frauenstimme meldete sich: »Hallo? Hallo! Wer ist denn da? Warum melden Sie sich nicht?«

Anna war beruhigt. Sie legte auf. Dann nahm sie das Bild von der Wand und öffnete den Safe. Sie griff erneut zum Hörer …

Das Blaulicht des Krankenwagens gab hektische Schatten in der Wohnung, und sie spürte zum ersten Mal an diesem Abend eine gewisse Unruhe.

»Da ist nichts mehr zu machen«, sagte der freundliche Notarzt, »bei einem Alkoholspiegel von 3,5 Promille. Sein Herz hat einfach nicht mehr mitgemacht. Und das an Weihnachten! Mein Beileid.«

»Aber er hatte doch nur etwas zu viel getrunken?«, sagte Anna fast entschuldigend. »Na ja, er hatte immer etwas zu viel getrunken, und als wir heute Abend zurückkamen und den offenen leeren Safe vorfanden, war er außer sich. Dieser

Einbruch hat ihn sehr aufgeregt, vor allem weil er sich die Schuld gegeben hat. Er hatte nämlich seine Schlüssel verloren und irgendjemand scheint sie gefunden zu haben. Im Safe war mein gesamter Schmuck!«

Die Spurensicherung untersuchte die Wohnung, das Bild, den Safe. Es gab keinerlei Fingerabdrücke, außer die von Anna und Tom und auch keinerlei Hinweise auf ein gewaltsames Eindringen in die Wohnung. Der Schmuck war nicht versichert, sodass ein kurzfristiger Verdacht auf einen eventuell vorgetäuschten Einbruch und Versicherungsbetrug sofort wieder fallengelassen wurde.

»Tja, Weihnachten ist eine beliebte Zeit für Einbrecher«, sagte der ermittelnde Beamte, »und die Sache mit den verlorenen Schlüsseln Ihres Gatten… Ganz schön leichtsinnig, auch noch den Safeschlüssel am Schlüsselbund zu tragen! Und dass er auch noch seine Initialen, wie Sie sagen, an seinem silbernen Schlüsselanhänger eingraviert hatte.« Er schüttelte den Kopf. »Für einen Profi nicht schwierig, hier in dieser Gegend die Adresse rauszufinden.«

Anna war verblüfft über die schnelle Auffassungs- und Kombinationsgabe der Polizei.

Im Totenschein des Arztes stand »Tod durch Herzversagen«. Es war der 27. Dezember. Anna übergab der Polizei eine Liste der gestohlenen Schmuckstücke. Toms Beerdigung war am 30. Dezember. Seine Mutter sagte: »Gerade jetzt, wo er diesen neuen Job in Aussicht hatte, aber ich hab ihm immer gesagt, er soll nicht so viel trinken. Es ist eine Tragödie!«

»Ja«, sagte Anna.

Es war Silvesterabend. Anna kam aus der Dusche und zog sich den weißen Bademantel über. Er duftete so frisch und neu. Dann griff sie zum Telefon.

»Hallo Anna,« sagte Carola, »schreckliche Geschichte! Ich war die letzten Tage unterwegs und hab erst heute davon erfahren. Ich wollte dich auch schon anrufen. Wie geht es dir Anna? Du musst dich schrecklich fühlen! Willst du nicht vorbeikommen und mit mir Silvester verbringen?«

Anna zog das rote Kleid an, das Tom so geliebt hatte, und trug den rötesten Lippenstift auf, den sie besaß. Sie zog die schwarzen Netzhandschuhe über, schlüpfte in den Mantel und die Stiefel, klemmte ihre hochhackigen Schuhe und die Flasche Champagner unter den Arm und stapfte die paar Meter zu ihrer Nachbarin. Es schneite dicke Flocken.

Carola umarmte sie. »Es tut mir alles so leid!«

»Tja, es ist nicht zu ändern«, sagte Anna, stellte die Stiefel im Flur ab und schlüpfte in ihre roten Highheels, passend zum Kleid.

»Du siehst gut aus!«, stellte Carola fest. »Verdammt sexy meine Liebe, die Männer würden dir heute Nacht zu Füßen liegen.«

Anna stellte die Flasche Champagner in den Kühlschrank und Carola legte Musik auf. Sie tanzte im Wohnzimmer mit ihrem Glas Wein in der Hand, das sie in regelmäßigen Abständen immer wieder nachfüllte. Anna sah ihr zu.

»Was war eigentlich zwischen dir und Tom?«, fragte Anna.

Carola sah sie erstaunt an. »Was soll gewesen sein? Wir haben ab und an Rotwein zusammen getrunken, haben geplaudert, hatten Spaß. Na ja, du weißt, Tom war verrückt nach dem Zeug. Es macht gute Laune und man kann so herrlich vergessen. Willst du nicht auch mal wieder?« Carola holte das kleine weiße Päckchen und sah Anna mit dunklen, glitzernden Augen an. Augen die durch sie hindurchschauten und in eine andere Welt blickten, zu der sie keinen Zugang mehr hatte. Anna stand auf und sog diesen vertrauten süßlichen Geruch in sich ein.

Es war kurz vor Mitternacht. Sie holte den Champagner aus dem Kühlschrank. Draußen waren die ersten verhaltenen Böllerschüsse zu hören. »Lass uns anstoßen Carola!« Sie schenkte ein und Carola nahm das Glas. »Prosit Neujahr! Auf die Zukunft!«

Carola konnte nicht mehr gerade stehen und Anna half ihr aufs Sofa. »Tom war so ein Lieber!« Carola brach in Tränen aus, die Wimperntusche lief ihr über das Gesicht »Er wollte neu anfangen, an Silvester, er hatte es versprochen!«

»Ich weiß«, sagte Anna, »aber das hat jetzt keine Bedeutung mehr.« Sie deckte Carola zu und strich ihr die blonden Strähnen aus dem Gesicht.

»Er hat es mir auch versprochen, immer an Silvester!«, flüsterte Anna. »Schlaf jetzt«, und Carola gehorchte.

Draußen war das Feuerwerk voll im Gange. Anna öffnete die Balkontüre und atmete die frische Luft ein. Sie fühlte sich überraschend gut. Dann ging sie in die Küche, goss den Rest der Champagnerflasche in den Ausguss, spülte sorgfältig die Gläser und stellte sie zurück in den Schrank.

Sie musste nicht lange suchen. Unterm Bett, in Carolas Schlafzimmer, war der kleine schwarze Koffer. Sie holte ihn hervor, und da war ihr Schmuck, die beiden Kuverts und zwei kleine weiße Päckchen. Sie nahm die beiden Umschläge und entsorgte die weißen Päckchen im Klo. Dann schloss sie wieder sorgfältig den Koffer und stellte ihn zurück an seinen alten Platz. Toms Hausschlüssel entdeckte sie, wie erwartet, in Carolas Handtasche.

Sie warf noch einen Blick auf die schlafende Carola, zog sich die Stiefel an, klemmte Schuhe und Champagnerflasche unter den Arm und zog leise die Haustür hinter sich zu. Es schneite immer noch dicke Flocken, die ihre Fußspuren zudeckten.

Carola erwachte auf dem Sofa. Es war Neujahr, und sie hatte Mühe sich zu erinnern. Es war dunkel und sie wusste nicht, wie lange sie geschlafen hatte. Zu viel Alkohol und dieses verdammte Zeug…, aber da war doch noch…dieses

Klingeln … war es das Telefon? Sie ging zur Haustür und der Beamte sagte, es wäre nur eine Formalität, eine Routine-befragung. Sie habe doch sicher von dem Einbruch gehört, und als Nachbarin könne sie doch möglicherweise wichtige Hinweise geben…

Anna lag am Strand und genoss die Sonne und das Meer, als ihr Handy klingelte. »Wir haben eine gute Nachricht«, sagte der Polizeibeamte. »Ihr Schmuck ist wieder aufgetaucht! Wie gut kennen Sie eigentlich Ihre Nachbarin!?«

»Sie ist eine gute Freundin«, sagte Anna, »sie hat manch-mal die Blumen gegossen, wir haben Tee zusammen getrun-ken, haben uns gut verstanden. Wir haben sogar den Silvester-abend zusammen verbracht, aber ich musste dann früh los, ich hatte ja den Flug an Neujahr gebucht. Sie wollen doch nicht etwa sagen, dass sie…? Oh mein Gott!«

Sie legte ihr Handy zur Seite, dann nahm sie die beiden Kuverts aus ihrer Handtasche, öffnete das kleine weiße und betrachtete lange die beiden Tickets mit Bordkarte, ausge-stellt auf Herrn und Frau … Tom hatte bei der Heirat ihren Namen angenommen. Abflug 1. Januar, oneway.

»Tja Fred«, sagte sie zu dem gut geölten braunen Body, der neben ihr lag. »Man sollte eine Frau wie mich nicht un-terschätzen! Zu jedem Verbrechen gehört ein glasklarer Kopf und den hatte ich Tom voraus. Er war ein Junkie, aber ich hab' ihn geliebt, und er fand immer wieder Menschen, die auf ihn hereinfielen und die Arbeit für ihn erledigten. Carola war ein dankbares Opfer, naiv und süchtig, genau wie ich vor fünf Jahren. Er hätte mich nicht betrügen dürfen!« Sie nahm einen Schluck von ihrem Cocktail. »Als Detektiv hast du verdammt gute Arbeit geleistet Fred, und auch sonst!« Sie lächelte ihn an. »Bist du mit Fünfzigtausend einverstanden?«

Der braune Body setzte sich auf. »Aber wir wollten doch gemeinsam…?«

»Ich hab's mir anders überlegt Fred, ich fliege zurück!« Sie zerriss die beiden Tickets, sie hatten ihr Soll erfüllt, es war nicht schwer gewesen die Vornamen von »Tom und Caro-la« in »Fred und Anna« umzubuchen. Dann öffnete sie das zweite, große, braune Couvert und zählte sorgfältig fünfzig Scheine ab. »Lass' es dir gutgehen Fred!«

Ihren Job als Apothekerin übte Anna noch eine Zeitlang aus. Sie liebte ihren Beruf und ihre Unabhängigkeit. Die restlichen Vierhundertfünfzigtausend legte sie gewinnbringend an. Es war der letzte Deal, den sie für Tom erledigt hatte, und sie hasste diese kleinen weißen Päckchen. Den großen, braunen Umschlag mit der Aufschrift »Für Tom in Liebe, Anna« verbrannte sie. Sie fing an zu schreiben – Krimis –, legte sich einen Hund zu, und das Wort Liebe hatte keine Bedeutung mehr für sie.

Bekanntheitsgrad

Marion Liedtke

Dass ich eines Tages in »Aktenzeichen XY... ungelöst« eine Rolle spielen würde, hätte ich mir auch nicht träumen lassen. Natürlich wollte ich immer schon ins Fernsehen, wer will das nicht.

Wenigstens ein einziges Mal zur besten Sendezeit auf dem Sessel gegenüber von Günther Jauch sitzen oder mit der Kamera festgehalten werden, wenn Jörg Pilawa seine Quizfragen stellt und ich damit glänze, dass ich jede auch noch so kniffelige aus dem Effeff schnurstracks beantworte. Meinetwegen aber auch nur ein Mal als Statistin der vom Kommissar zufällig entdeckten Leiche am Sonntagabend beim »Tatort« vor Millionen Krimibegeisterten auf dem Bildschirm erscheinen. Am allerliebsten wollte ich allerdings schon immer graziös bei »Germany's Next Topmodel« in High Heels über den roten Teppich laufen und dabei von jedem, wirklich jedem Zuschauer vor der Mattscheibe beneidet werden, bis mein Selbstbewusstsein bis zum Himmel ragen würde oder wenigstens bis zum Gipfel des Fujiyamas, Piz Buin, Mount Everest oder der Zugspitze. Das wär's gewesen.

Stattdessen erschien mein Phantombild in »Aktenzeichen XY... ungelöst«, einer Sendung, die ich zugegebenermaßen schon seit der Jugend zu Hause bei meinen Eltern mit freudig erregtem Herzklopfen verfolgt hatte. Die gruselige tiefe Stimme des Sprechers sagte ernst, wer der begegnet, solle auf der Hut sein, denn sie gehöre zu den meistgesuchten Frauen in Europa.

Ich meine, bekannt wollte ich zwar schon immer werden, aber so dann eigentlich auch wieder nicht. Meine Mutter würde sich im Grabe umdrehen, wenn sie mich im Fernsehen sähe, mein Vater würde seiner Neuen zuflüstern, dass ich das Gerissene wohl von ihm hätte, weil ich so geschickt seit Jahren unentdeckt untertauchte, und ein bisschen stolz wäre er wohl dabei auch gewesen, vermutlich.

Bis der Moderator dann auf die Tat zu sprechen gekommen wäre, dann hätte mein Vater wahrscheinlich die Fernbedienung an sich genommen, den Sender gewechselt oder neugierig noch aus einem Augenwinkel die Tat verfolgt, aber spätestens dann hätte er mich als Tochter verleugnet, schätze ich.

Wie ein Blitz habe es ihn im Fernsehsessel getroffen, als er mich so sah, erstarrt sei er gewesen, erfuhr ich Jahre später von eben dieser, inzwischen nicht mehr ganz so Neuen. Den Fernseher habe er danach mit aller Wucht aus dem zweiten Stock seines Wohnzimmerfensters geworfen, nachdem er vorher mit einem kurzen Blick die Hoflage gecheckt habe, um niemanden versehentlich zu treffen. Dann habe er wie ferngesteuert Handfeger und Schaufel genommen, sei die Treppe herunter in den Hof gelaufen, habe alles fein säuberlich, wie es seine Art ist, zusammengekehrt und anschließend in der Mülltonne entsorgt. Mit dem eben Geflimmerten wollte er nichts zu tun haben, unmissverständlich. Mit mir, ließ er später über die Polizeibeamten mitteilen, auch nicht.

So warte ich in meiner Zelle vergeblich auf Besuch vom Vater, denn die Zuschauer erkannten mich und im Nullkommanichts war ich nach der Sendung eingebuchtet. Ich tauchte noch ein Mal als Fahndungserfolg in der nächsten Sendung auf und auf den Titelseiten der Tagesblätter, danach wurde es ruhig um mich und ich habe viel Zeit zum Nachdenken.

Mord vor Ort

Nicola Scheifele

Sonja Rechenberger hatte es sich im Ohrensessel gemütlich gemacht. Eingekuschelt in ein kariertes Plaid, die
Füße auf den kleinen Hocker gelegt, rechts neben sich ein
Tischchen, auf dem ein Glas Rotwein stand nebst einem –
bereits leer gefutterten – Keksschälchen, daneben der bereits
geschrumpfte Stapel Manuskripte, den sie von zu Hause
mitgebracht hatte. Fehlte nur noch, dass in dem durch die
Stehlampe in angenehmes Dämmerlicht getauchten Raum
ein Kaminfeuer prasselte.

Doch ein echt englisches Cottage konnte sich die Chef-
lektorin des Verlags »Mord vor Ort«, der auf Regionalkrimis
spezialisiert war, nicht leisten. Stattdessen verbrachte sie nun
den ersten Tag ihres verlängerten Wochenendes in dem ein-
sam gelegenen Minihäuschen auf der Schwäbischen Alb, das
dem Verleger gehörte, um endlich die Machwerke angehen-
der Möchtegernautoren zu lesen. Bereits im Büro hatte sie

von den hochgetürmten Bergen angeblich kriminalistischer Literatur auf ihrem Schreibtisch die Spreu vom Weizen getrennt. Das hier war nur noch die Auslese, von der ein Großteil ebenfalls schon im Papierkorb gelandet war, der links von ihr, in bequemer Ablage-P-Weite stand.

Langsam, geradezu unwillig griff sie zur nächsten ersten Seite eines – im Exposé als hoch spannend gerühmten – Krimis und begann zu lesen:

»Hinter mir war jemand und holte zum Schlag aus. Ich duckte mich, wich zur Seite. Diese Bewegung brachte mich erst recht in Panik. Ich lief aus dem Zimmer in die kleine Küche, schloss die Türe, drängte in eine Ecke und kauerte mich auf den Boden...« Bereits bei den ersten Sätzen, die sie las, bildete sich eine scharfe, steile Senkrechtfalte zwischen Sonja Rechenbergers leicht buschigen Augenbrauen.

»Herrgottzack, so fengt doch koi gscheidr Krimi a«, entfuhr es ihr in derbem Schwäbisch, das sie im Berufsleben stets unterdrückte. »So was von unrealistisch!«

Wütend knüllte sie das dicht beschriebene Blatt zusammen und warf es mit Schmackes hinter sich. Seufzend lehnte sie sich zurück in die hohe Lehne, schloss die Augen und versuchte, in einen ihrer liebsten Tagträume hinüberzugleiten. Darin war sie eine tolle durchtrainierte Kommissarin mit einem jungen hübschen Assistenten, der sie anbetete...

Doch plötzlich störte sie etwas während dieser angenehm wohligen Vorstellung, sie spürte einen leichten Luftzug, *hinter ihr war jemand und holte zum Schlag aus...*

Hilde

Gisela Masseck

Das Essen ist zubereitet, der Tisch gedeckt. Leo ist noch nicht da. Hilde geht in den Gemüsegarten, um die Karotten zu holen. Eine Weile blickt sie auf das kleine Viereck hinter dem Haus: Salatköpfe, Kartoffeln, Erdbeeren, Karotten, Tomaten und Kräuter. Sie erinnert sich, wie Leo damals, in ihrem ersten gemeinsamen Frühjahr, die Erde mit dem Spaten für sie umgrub, damit sie sich ihren lang gehegten Wunsch eines eigenen Gemüse- und Kräutergartens erfüllen konnte. Sie hatte neben dem Apfelbaum gesessen und ihm verliebte Worte zugeworfen. Ab und zu legte er den Spaten beiseite, kam zu ihr und küsste sie. Sie spürte seinen Schweiß auf ihrer Haut und sog den leicht bitteren Geruch ein, den sie damals so mochte.

Jetzt bückt sie sich und zieht vorsichtig einige Karotten aus dem feuchten Boden. Der Geruch der durchnässten Erde löst heute ein leichtes Ekelgefühl bei ihr aus. Beim Hochkommen wird ihr schwindlig, und sie hält sich kurz an einer

Tomatenstange fest. Mit dem Gemüse in der Hand sinkt sie auf den Gartenstuhl, der unter dem Apfelbaum steht.

So weit ist es nun gekommen. Sie empfindet nur noch Hass für Leo. Das Gefühl hat sich in ihrem Körper eingenistet und verdirbt ihr die Lebensfreude. Wie entsetzlich war der Schock, als sie Leo mit Sylvia gesehen hat. Eine sehr schlanke, langhaarige Blondine. Leo hielt ihr Kinn in seiner Hand und führte langsam ihren Kopf zu seinem. Dann küssten sie sich lange. Hilde starrte wie gebannt auf die beiden, doch dann drehte sie sich abrupt um und floh. Floh in ihr Auto, drückte aufs Gas und raste nach Hause.

Seitdem nahm sie bewusst die vielen Entschuldigungen ihres Mannes wahr, die schon längst an der Tagesordnung waren. Lügen, alles Lügen! Sie ließ sich herab, fremde Gerüche an ihm zu suchen, seine Kleider zu durchwühlen, seine Telefongespräche zu belauschen. Sie fand nichts. Leo verheimlichte perfekt. Hilde erkundigte sich. Sie wusste bald den Namen der Konkurrentin, dass sie ein Immobilienbüro hat und unverheiratet ist.

Hilde versuchte, sich begehrenswerter für Leo zu machen. Sie nahm ab, färbte ihr hellbraunes Haar goldblond und ließ es wachsen. Sie schminkte sich stärker, trug knallenge Hosen und Kleider, wie es gerade modern war. Dazu quälte sie sich in hochhackige Pumps oder Stiefel, die bei ihr Wadenkrämpfe auslösten. Doch sie erreichte nichts damit. Ganz im Gegenteil – Leos Überstunden steigerten sich noch. Hilde fühlte sich immer mehr gedemütigt.

Sie erwacht aus ihren Gedanken, hebt die ins Gras gefallenen Karotten auf und geht schnellen Schrittes ins Haus. Sie wäscht die Karotten und kühlt ihre heiße Stirn mit den nassen Händen. Die Abendsonne wirft ihre letzten Strahlen auf den Küchenboden aus schwarzen Holzdielen. Der war damals der letzte Schrei und sie wollte Leo damit imponieren. Gefallen hat ihr der Boden nie. Und außerdem muss er ständig gefegt und gewischt werden.

An dem Esstisch mit der weißen Marmorplatte haben sie im Winter oft stundenlang gesessen, getrunken, gegessen, geredet und sich auf dem Küchenboden geliebt. Damit ist es schon lange vorbei. Leo gibt sich stets überarbeitet und erschöpft. Verrenkungen auf dem harten Boden, wie er sagt, wolle er sich nicht mehr antun. Die finden jetzt auf einem anderen Boden statt, denkt Hilde. Und da ist mein Leo sicher sehr gelenkig.

Hilde wirft die zerkleinerten Möhren in die Saftmaschine, füllt das Glas für Leo und holt das Einmachglas mit dem Kräutersud aus der Speisekammer. Sie hat das tödliche Gebräu selbst aus Eisenhut und Engelstrompete zusammengemischt. Sie gibt eine kleine Menge davon in den Saft. Leo wird das Glas in einem Zug austrinken. Er liebt Karottensaft. Ein hämisches Lächeln läuft über ihr Gesicht.

Leo steht dicht hinter Sylvia. Sie beugt sich über den Küchentisch. Er reibt ihre Pobacken mit seinem Körper, streichelt ihren Rücken, ihre Hüften, die Innenseite ihrer Oberschenkel und fasst nach vorne zu ihren Brüsten. Sie stößt einen kurzen Schrei aus. Dann zieht er sie herunter auf den Fußboden.

Gedanken an Hilde schieben sich in Leos Kopf und beeinträchtigen seinen Genuss. Wie schwer es ihm fällt, mit ihr zu schlafen. Aber er muss den Schein wahren. Einfallsreich verlängert Leo das Vorspiel auf dem Boden und treibt damit Sylvias Erregung bis zum Äußersten. Sie wünscht sich jetzt sehnlich, dass er in sie eindringt. Doch Leo spannt sie noch auf die Folter, verteilt Küsse auf ihrem Rücken, Nacken und Po. Und endlich spürt sie ihn in sich. Mit sanften Bewegungen weicht er sie noch mehr auf, und ohne Scham folgen sie den Wellen ihrer Ekstase. Als beide satt und erfüllt sind, trägt er Sylvia zum Bett, öffnet den bereitgestellten Champagner, den er aus dem Büro mitgebracht hat, und reicht ihr das Glas. Wohlig genießen beide die prickelnde Kühle.

»Es war bombastisch, Leo«, sagt Sylvia, während ihre Hände sanft über seine Brust gleiten, »aber nun bin ich müde.«

Das kommt ja wie gerufen, denkt Leo, schließlich habe ich heute noch andere Pläne. »Klar Sylvia, ich trinke das Glas aus, und dann bin ich weg. Wir telefonieren, ja? Du warst grandios!«, schiebt er noch hinterher.

Nun rollt er in seinem BMW Richtung Starnberg. Das Zusammensein mit Sylvia hat ihn, wie so oft, trunken gemacht. »Das war's doch. Das war's doch wieder mal. So eine verdammt geile Frau!« Er schlägt sich mit der Hand auf den Oberschenkel und lacht laut auf.

Auf der Garmischer Autobahn nimmt Leo die Ausfahrt nach Starnberg. Am Rückspiegel baumelt der Plastik-Elvis, den Hilde ihm einmal geschenkt hat. Love me tender! Das war ihr Song! Doch das ist vorbei. Heute geht sie ihm nur noch auf die Nerven. Sie ist wie das Gartenviereck, das er ihr einmal mit Wonne umgegraben hat: sehr eng, sehr begrenzt und eintönig. Und er ist ihr auf Gedeih und Verderb ausgeliefert. Ihr gehört das ganze Geld, und bei einer Scheidung würde sie ihn sofort aus der Firma werfen. Er kann sie nicht mehr ertragen. Jedes Mal kostet es ihn eine ungeheure Überwindung, sie anzufassen.

Leo nimmt die Auffahrt zum Haus und beruhigt sich wieder. Reiß dich zusammen, du musst jetzt ganz besonders nett zu ihr sein. Er fingert in seiner rechten Jackentasche. Kein Schlüssel! Auf der anderen Seite auch nicht. Nur das Tütchen mit dem Pulver. Seit Tagen steckt er es von einem Anzug in den anderen.

Er klingelt, Hilde öffnet und fragt sehr freundlich: »Hast du deinen Schlüssel nicht, mein Lieber?« »Habe ich wohl im Büro liegen gelassen«, antwortet er munter. Leo sieht den gedeckten Tisch, den Karottensaft. Nein, heute kriegt er keinen Bissen mehr runter. Und schon gar nicht diesen ekligen Saft. »Hildchen, ich habe gar keinen Hunger. Ich habe eine bessere Idee. Wir köpfen eine gute Flasche Wein und setzen uns gemütlich vor den Fernseher.« Hilde zuckt zusammen. »Aber

Leo, deine Vitamine…« »Ach, die Vitamine!« Er macht eine wegwerfende Handbewegung. »Heute betrinken wir uns. Das haben wir schon lange nicht mehr gemacht!«

Leo holt eine Flasche Rotwein aus dem Weinkeller, entkorkt sie in der Küche und geht ins Wohnzimmer. Er nimmt zwei Gläser aus der Vitrine, holt das Tütchen aus der Tasche und lässt den Inhalt in eines der beiden Gläser rieseln. Er füllt es mit Wein auf und stellt es auf Hildes Platz. Er schaut auf das Glas. Tut er wirklich das Richtige? Doch dann zuckt er mit den Schultern und gießt auch sein Glas voll. Er lässt sich in den Sessel fallen und legt die Beine auf den Tisch. Mit der Fernbedienung schaltet er den Fernseher ein.

»Hildchen, wo bleibst du denn? Ich will mit dir anstoßen.« Hilde kommt mit dem Glas Karottensaft in der Hand zur Tür herein. Sie bleibt stehen, schaut auf das Weinglas in Leos Hand, dann auf den Karottensaft und wieder auf das Weinglas. Dann stellt sie fein lächelnd den Saft auf das Sideboard. Auf dem Weg zu ihrem Sessel wirft sie Leo einen Blick zu. Sie knickt plötzlich um und fällt zu Boden. »Mein Knöchel«, jammert sie, »mein Knöchel!« Erschrocken springt Leo hoch, hilft ihr auf und führt sie zu ihrem Sessel. Er drückt ihr das für sie vorgesehene Weinglas in die Hand. »Komm, nimm einen Schluck!« Doch Hilde wehrt ab und jammert. »Schnell, hol mir zuerst die Arnikasalbe aus dem Bad. Es tut so weh!« Fast wäre Leo ein Stöhnen entschlüpft. »Sofort, mein Schatz«, sagt er und läuft nach oben ins Bad.

Hilde sieht ihm nach. Klappt ja, denkt sie zufrieden. Sie schnappt sich Leos Weinglas, eilt in die Küche und kippt etwas von ihrem Sud hinein. Schnell ist sie zurück, platziert das Glas dort, wo es vorher stand und setzt sich wieder mit leidender Miene in ihren Sessel. Keinen Augenblick zu früh. Leo kommt bereits mit der Salbe zurück. Unter theatralischen Seufzern reibt sie sich den Knöchel ein. Dann nimmt sie ihr Glas und prostet Leo zu.

»Auf dich, mein Schatz!« »Nein, auf dich!«, strahlt Leo.
»Und jetzt auf Ex!«

Butschi

Marion Liedtke

Butschi, Butschi, wo bist du? Ach Butschi, wo bist du bloß? Komm aus deinem Versteck, mein kleines Federvieh!« Mit diesen Worten kroch ich auf dem Parkett meiner Zweizimmerwohnung herum und schaute nun auch verzweifelt unter dem ausziehbaren Ledersofa im Wohnzimmer nach, ob mein kleiner Butschi, den ich so lieb gewonnen hatte und der mein Leben seit fünf Jahren teilte, sich vielleicht hierher verkrochen hatte. In der Küche hatte ich schon alles erfolglos abgesucht.

Denn als ich heute nach Hause gekommen war, hatte ich mich gewundert, dass in der Küche die Käfigtür des weißen Vogelkäfigs meines Wellensittichs namens Butschi offen war, was sonst nie der Fall war, weil ich ihn höchstpersönlich immer schließe, bevor ich in die Arbeit gehe. Hatte ich die Tür vielleicht aus Versehen nicht richtig verschlossen oder hatte sie jemand anderes geöffnet? Nur wer sollte das gewesen sein, fragte ich mich leise im Selbstgespräch.

Alles in der Wohnung war sonst an seinem Platz, das Einzige, was mir anders vorkam, war die Kaffeemaschine, die diesmal noch an war, als ich nach Hause kam. Entweder hatte ich vergessen, sie auszuschalten, oder jemand anderes, der hier unerlaubterweise eingedrungen war, hatte zuerst Kaffee getrunken und sich dann an meinen Butschi herangemacht. Was für ein Schock musste es für mein naives zutrauliches Vögelchen gewesen sein. Ein Fremder in meiner Wohnung, welch unangenehmer Gedanke.

»Liegt dieses angeknabberte Brot noch von mir heute Morgen auf dem Küchentisch oder ist das auch von IHM?«, fragte ich mich und zwitscherte in Vogelsprache vor mich hin, in der Hoffnung, endlich piepsende Antwort darauf zu bekommen. Aber es tat sich nichts, alles blieb leise. Mein Blick auf die geöffnete Balkontür raubte mir noch den letzten Hoffnungsschimmer, meinen Wellensittich hier in der Wohnung jemals wieder zu finden.

Hatte ich die Balkontür offen gelassen oder war ER – eine SIE konnte ich mir beim besten Willen nicht vorstellen und traute es einer Frau auch nicht zu –, erst zu Butschi gegangen, hatte ihn gepackt und war dann durch die Balkontür geflüchtet? Aus dem zweiten Stock zu fliehen wäre ein waghalsiges Unternehmen, ziemlich sportlich müsste ER gewesen sein, sinnierte ich. Ein fremder Kerl hier in meiner Wohnung, mir wurde übel, mein Atem stockte und einen Wutanfall konnte ich kaum unterdrücken, denn ein Leben ohne Butschi war für mich unvorstellbar, war seine Begrüßung doch ein tägliches Ritual geworden, das ich nicht missen mochte, denn er vertrieb mir in den ganzen Jahren immer guter Dinge meine Einsamkeit, wenn ich nach Hause kam.

Nach der Arbeit ging ich jeden Tag als erstes zum Käfig, öffnete die Tür und drehte mich um, um den Kaffee vorzubereiten, währenddessen flog Butschi schon auf meine Schulter und knabberte an meinem Ohr herum, was immer so kitzelte, dass ich vor mich hin kichern musste und schlechte Laune im Nu verflogen war. Dann fragte ich ihn, wie es ihm gehe, er zwitscherte fast akzentfrei und scheinbar intellektuell »Bubutschi geht es gut«, was ich ihm monatelang mit hartem Training und Engelsgeduld eingetrichtert hatte. Insofern konnte ich mir auch immer getrost sagen, dass ich herbeigesehnt wurde, wenn ich nach Hause ging. So wurde Butschi im Laufe der Jahre zu meinem engsten Gesprächspartner.

Nur meinem Kollegen verriet ich natürlich nicht, wer da genau zu Hause wartete. Sollten sie doch grübeln, wer das sein könnte. Ich hatte ihn immer als jemanden, der gut zuhören kann, und als sportlich beschrieben und als jemanden, der sich der Fliegerei verschrieben hat und selbst gerne fliegt, was ja nicht gelogen war. Für meine Arbeitskollegen klang das sehr interessant, und die Kolleginnen beneideten mich schon direkt ein bisschen. Keiner schöpfte Verdacht, wenn ich sagte »Ich würde sehr gerne noch helfen, aber ich muss mich beeilen, ich werde erwartet«, wenn sie mich kurz vor Feierabend noch für irgendeine extra Bürotätigkeit einspannen wollten.

Und das sollte nun nicht mehr sein? Traurig setzte ich mich an den Küchentisch, um mich umzuschauen, was genau sich verändert hatte, und um zu überlegen, was zu tun war. Irgendetwas stimmte in der Wohnung nicht, das spürte ich und es kam mir außerdem so vor, als ob die Stühle nicht mehr an ihrer Stelle stünden. Ich ging schnell zu meiner Kommode, um nachzusehen, ob das Portemonnaie mit meinen Notgroschen noch da war. Mir fiel ein Stein vom Herzen, unberührt mit allem Inhalt lag es dort zwischen meinen Socken. Wertgegenstände schien ER also nicht mitgenommen zu haben, nur meinen grüngelben Butschi, der mir mehr wert war als alle Geldscheine, die ich je in der Wohnung versteckt hatte.

Trotz der geringen Verwüstungen, die derjenige angestellt hatte, musste ER wohl schnurstracks zum Vogelkäfig geeilt sein, sich kurz davor noch eine Stulle in den Mund geschoben und dazu den Kaffee getrunken haben, rekonstruierte ich, es musste ein richtig gemeiner Hund gewesen sein, ein mieser

Einbrecher, der es auf unschuldige Tiere abgesehen hatte. Kurzentschlossen rief ich im Polizeirevier an, meldete meinen ungewöhnlichen Fall und gab meinen Verdacht sofort darauf zu Protokoll.

Ich bat den Kriminalkommissar, gleich seine Spurensicherer zu schicken, die eventuelle DNA-Spuren als Beweismaterial aufnehmen sollten, um dann in der DNA-Datei herausfinden zu können, ob es ähnliche Fälle schon gegeben hatte, und den Täter dingfest zu machen. Kommissar Buckebrede sagte nur trocken, sie wüssten schon, was zu tun sei, schickte seine Kollegen in diesen weißen Papieroveralls und mit diesen Pinseln, die ich schon aus dem Fernsehen kannte, los und kurz darauf standen sie in meiner Tür.

War das aufregend, was könnte ich da am nächsten Tag in meinem Büro alles meinen Kollegen erzählen, was würden sie mir an den Lippen hängen, müsste nur aufpassen, dass ich mich nicht verplapperte und auffiel, dass es sich nicht um einen verschwundenen männlich menschlichen Lebensgefährten handelte, sondern um meinen tierischen Mitbewohner.

Na, im Märchen erzählen war ich ja inzwischen geübt und es machte mir auch, muss ich zugeben, mittlerweile ziemlich viel Spaß, die Kollegen an der Nase herumzuführen und auf eine falsche Fährte zu locken. Die würden Augen machen, ich freute mich direkt schon darauf.

Die weißen Ganzkörperschutzanzüge mit ihren Wichtigtuermienen verteilten sich in meiner Wohnung und wie eine aufgeregte Henne schaute ich ihnen bei der Arbeit über die Schulter, was sie gar nicht mochten. Immer wieder wollten sie mich wie eine lästige Fliege verscheuchen, aber das Spektakel konnte ich mir natürlich nicht entgehen lassen. War es doch in meinem sonst eher gleichförmigen Alltag in gewisser Weise eine willkommene spannende Abwechslung – wenn der Anlass nicht so traurig wäre, maßregelte ich mich gleich selbst. Ehe ich mich versah, waren sie auch schon fertig, verließen

wieder mein Reich und murmelten beim Weggehen sie würden sich melden, wenn die DNA-Spuren ausgewertet seien.

Da stand ich nun, allein in meiner verlassenen Wohnung,
kein Gezwitscher, eine unheimliche Stille und beängstigende
Atmosphäre breiteten sich aus, denn ich konnte den Gedanken, dass jemand hier in der Wohnung gewesen sein sollte,
einfach nicht vertreiben. So begann ich, mich in meiner eigenen Wohnung zu fürchten, zuckte zusammen, wenn ich ein
Geräusch, harmlos verursacht von den Nachbarn oder vom
Wind, vernahm oder abends beim Lichteinschalten sich ein
Schatten anders als erwartet zeigte. Ich wurde zunehmend
paranoid.

So stellte ich mir neben der Balkontür einen Spaten bereit,
den ich mir vor Kurzem für meinen Schrebergarten zugelegt
hatte, für den Fall, dass wieder ein Einbrecher kommen sollte, damit ich IHM, dem miesen Hund gleich einen Schlag auf
den Kopf oder das Hinterteil verpassen könnte.

Um besonders perfekt gewappnet zu sein und nichts dem
Zufall zu überlassen, eignete ich mir sogar Selbstverteidi-
gungstechniken an und machte extra für den Fall der Fälle
Trockenübungen mit meinem Holzspaten, tat dabei so, als ob
ER wieder durch die Balkontür käme, und schlug das Phan-
tom dann kräftig in die Flucht. Dabei erwischte ich beim
letzten Mal aus Versehen fast die Glasscheibe der Balkontür,
konnte gerade noch die Kurve kratzen und den Schwung aus-
bremsen. Das hätte noch gefehlt zu meinem Unglück, eine
zerdepperte Glasscheibe wegen prophylaktischer Abwehr-
maßnahmen zukünftiger Störenfriede.

Drei Wochen später klingelte das Telefon, Kommissar
Buckebrede rief an und sagte, dass sie außer meinen Finger-
abdrücken und meinen DNA-Spuren keine anderen Spuren
hätten sichern können. Ich müsste selbst die Kaffeemaschine
angelassen, das Brot angeknabbert und auch die Balkontür
und die Vogelkäfigtür offengelassen haben.

Ich schluckte und sagte, dass das gar nicht sein könne, wo ich doch immer so gewissenhaft bin und seit Jahren einen geregelten Tagesablauf habe. Dazu gehöre auch das zuverlässige Ausschalten der Kaffeemaschine, das Schließen der Käfigtür und vorher vor allem das Schließen der Balkontür, damit mein geliebter Wellensittich nicht entwischen kann. Nein, das könne ich nicht glauben, dass mir so etwas passiert sein sollte. Ich war entsetzt, dass er mich verdächtigte, so schusselig gewesen zu sein.

Er blieb bei seiner Meinung, dass es keinen Hinweis gebe, dass irgendjemand anderes als ich sich in meiner Wohnung unerlaubter Weise befunden und meinen Vogel gestohlen habe. Ich musste mich setzen.

Hatte ich an dem Abend vor der Tat etwas getrunken, dass ich so aus dem Tritt geraten war und ich tatsächlich selbst die Balkon- und Käfigtür offengelassen hatte? War irgendetwas anders mit mir, überlegte ich konzentriert. Nein, ich hatte mir definitiv keinen Tropfen gegönnt und ich konnte es mir beim besten Willen nicht vorstellen, dass ich selbst so nachlässig gewesen war.

Da unterbrach mich Herr Buckebrede unvermittelt in meinen Gedanken und meinte trocken, dass er allerdings noch eine fast gute Nachricht für mich habe. Ein Anwohner aus meiner Umgebung habe sich gemeldet, seine Katze kam gestern mit einem grüngelben Socken im Maul nach Hause. Jedenfalls dachte derjenige, dass es eine Socke sei, bei näherem Hinsehen stellte er dann fest, dass es sich um einen leblosen grüngelben Wellensittich handelte, den seine Mieze vorher gejagt und dem sie das Genick gebrochen haben musste. Er meldete daraufhin den Fund bei der Polizei, um herauszufinden, ob ihn jemand vermisse. Es sei sehr wahrscheinlich mein Butschi, »der sei doch grüngelb gewesen?«, fragte mich Herr Buckebrede gelangweilt mit unbeteiligtem Unterton.

»Ja«, schluchzte ich und wischte mir die Tränen aus dem Gesicht.

Dem Besitzer der Katze tue es sehr leid, fuhr er fort und wollte wissen, ob ich meinen Vogel trotzdem wieder haben wolle, tot statt lebendig.

Ja, ich wollte. »Besser einen toten Wellensittich als gar keinen«, sagte ich. Um ihn nicht begraben zu müssen und mein angeschlagenes Nervenkostüm zu schonen, investierte ich meine ganzen Ersparnisse und ließ ihn – nachdem ich ihn in der Pathologie der Polizei trotz heftiger Blessuren und von den Katzenbissen dieser mörderischen Bestie ziemlich entstellt als meinen Butschi weinend wieder erkannt hatte – von einem Fachmann ausstopfen und naturgetreu wieder herrichten.

Nach zwei Wochen konnte ich ihn dann endlich wieder nach Hause holen. Seitdem sitzt Butschis Körper frisch abgestaubt wieder auf der Schaukel im Vogelkäfig.

Wie vorher rede ich jeden Tag mit ihm.

Die Käfigtür lasse ich offen, wenn er könnte, dürfte er wegfliegen.

DAMENDRAMEN

Das Kleid

Heike Krapf

Carina lenkt ihren Mini Cooper S zügig in die enge Park-lücke. Es ist kurz vor zwei am Samstagnachmittag. Eben hat sie noch einen Business Case für Reifen Rundel nachgerechnet und eine Lücke in der Kostenaufstellung ge-funden. Eines ihrer Lieblingskunststücke als Controllerin.

Ein Schild auf der gegenüberliegenden Straßenseite schiebt sich in ihr Blickfeld: Buchstaben mit überdimensionalen Bö-gen verheddern sich zu »Brautmoden Ehring«. Das großflä-chige Schaufenster zeigt drei Figuren, die wie weiße Kegel nebeneinander stehen. Carina atmet tief durch. In diesem Tempel wird sie wohl die nächsten Stunden verbringen. Sie löst den Sicherheitsgurt.

Was hat Mara wohl dazu bewogen, gerade sie in ihre Brautkleid-Beraterriege aufzunehmen? Sie greift nach dem grauen Blazer auf dem Rücksitz und zieht ihn über ihr tür-kisfarbenes Top. Zu ihrem Beruf als Chefcontrollerin passen die Hosenanzüge so gut wie zu ihrem schmalen und sportlichen Körper. Ein kurzer Blick in den Rückspiegel zeigt keine Auffälligkeiten. Die schlichte Spange hält ihre mittellangen Haare wie immer zuverlässig zusammen.

Carina betritt den Laden. An langen Stangen verschmelzen die Kleider zu weißen Flüssen, während jede Robe versucht, die üppigen Röcke der Nachbarkleider zu verdrängen. Carina fühlt sich wie auf einem anderen Kontinent und hofft auf baldigen Rückflug.

»Sie sind bestimmt Frau Schroth?« Carina nickt überrascht. »Willkommen zur Brautkleidparty von Mara. Die anderen Gäste sind schon da, dann können wir starten.«

Sie gehen zum Couchbereich. Mara kommt ihr entgegen, begrüßt Carina mit einem hoch tönenden »Hallooooo« und umarmt sie überschwänglich.

Sie zeigt auf die junge Frau neben sich im hellblauen Hängerkleid mit langen blonden Haaren und auffälligen Wimpern. »Ihr kennt euch ja noch nicht, das ist meine Freundin Luisa.« Carina bekommt eine kühle schlaffe Hand entgegengestreckt.

Auf dem Sofa sitzt die Mutter von Mara. »Hallo Tante Marianne!« Carina setzt sich neben sie.

»Wie bei jeder unserer Brautkleidpartys haben wir die zukünftige Braut geschminkt und ihre Haare gestylt. So wirkt es wie an ihrem großen Tag«, erklärt die Verkäuferin. »Aber jetzt stoßen wir erst mal auf einen erfolgreichen Brautkleidnachmittag an.«

Alle greifen zu den bereitgestellten Gläsern. Ein schrilles »Uuuu...« von Mara und Luisa schallt durch den Raum. Zum Glück ist der Prosecco ganz passabel, denkt Carina und lächelt.

»Einmal im Leben die Prinzessin sein«, beginnt Mara zu schwelgen. Marianne lächelt ihrer Tochter zu, als würde sie ihr jeden Wunsch erfüllen wollen.

Carina wird wach: Aha, auch ihre Cousine ist vom Prinzessinnensyndrom nicht verschont geblieben. Ein mitleidiger Blick rutscht ihr durch.

Prinzessin sein heißt: ein Gesicht aus der Porzellanmanufaktur auflegen, etwas unverfänglichen Smalltalk beherrschen und dekorativ rumstehen. Die Hauptaufgabe aber besteht darin, zu warten und zu warten und zu warten. So lange bis so ein seltsamer Prinz, womöglich noch auf einem lahmen weißen Gaul daherkommt. Ist er da, folgt eine kurze Phase enormer Erregung – die Hoch-Zeit. Nach dieser sogenannten Erlösung folgt ein langer Prinzessinnen-Alltag mit ständigen Blicken auf den Bauch.

Carina versucht, ihre Gedanken vom Gesichtsausdruck fernzuhalten, und nimmt zur Ablenkung einen kräftigen Schluck Prosecco. Der schmeckt immer besser.

Mara dreht an einer nicht enden wollenden Locke, die sich ihre Freiheit außerhalb der Hochsteckfrisur, die ihre Mähne zu bändigen versucht, bewahrt hat.

»Sie haben doch was im Prinzessinstil da, oder?«

Die Verkäuferin nickt. Ihre Freundin Luisa bekommt einen verklärten Blick.

Wenig später rauscht Mara in einer Landschaft aus weißem Stoff vom Umkleidebereich her an.

»Sissi!« Luisa kreischt entzückt.

Die zukünftige Braut wandelt majestätisch ein paar Schritte durch den Verkaufsraum. Marianne bekommt feuchte Augen. In Gedanken breitet Carina den Stoff aus: Das würde für die Betten einer ganzen Fußballmannschaft reichen.

Die dunkle Locke von Mara hat sich in einem Tüllröschen am Ausschnitt verkeilt, während die künftige Braut immer noch durch den Raum schreitet und dem Volk rechts und links milde zulächelt.

Der Schleier krabbelt mühsam am Boden und versucht, mit dem Rest Schritt zu halten. Hoffentlich zieht sie den Vorhang nicht auch noch vors Gesicht, hofft Carina, und da ist es auch schon passiert. Der freudige Blick der Braut und das erfrischende Lächeln verschwinden hinter dem Tüll ins Ungewisse. Luisa zittert und fächelt sich Luft zu, dann setzt sie zur nächsten Hochfrequenzamplitude an.

Carina hält sich am Proseccoglas fest und vermeidet es, sich die Ohren zuzuhalten. Das muss wohl ein Brautkleidorgasmus sein, denkt sie, während sich in ihr die Schleierwut auszubreiten droht. Dieser Tüll als Originalverpackung eines unbenutzten Geschenks, frisch ab Werk. Man stelle sich doch mal vor, der Bräutigam würde von seiner Mutter zum Altar gebracht werden, einen weißen Aufzug mit Schleier tragen und die Braut in Schwarz diesen dann heben und den Buben küssen.

»Mädels, das geht gar nicht.« Carina wundert sich selbst über ihren familiären Ton. »Bei dem Schleierkraut und dem Rockdickicht musst du deinem Ronald eine Bedienungsanleitung für die Hochzeitsnacht zusammenstellen, wenn da noch was passieren soll. Ob er allerdings noch in der Lage ist, die Schritte zu befolgen...«

Carina grinst, während in ihrem Kopf die Bilder zu laufen beginnen, in denen sie den Bräutigam mit einem Zettel zwischen der zweiten und dritten Rockschicht umherirren sieht. So eine Ansage mit der Bedienungsanleitung wäre eine Steilvorlage in den Männerrunden bei der Arbeit. Jeder würde die Sache weiterspinnen und noch einen drauf setzen – von wegen Taschenlampe, Tragegriff und Taucheranzug.

Mara und Luisa schauen pikiert, während Mariannes Gesichtsausdruck sich etwas entspannt. Gerade will Carina zu einer abschwächenden Bemerkung ansetzen, da bringt sich die Verkäuferin diplomatisch ins Spiel.

»Bei glattem Stoff kämen ihre tollen Locken hervorragend zur Geltung. Ich bringe ihnen da mal was.«

Kurze Zeit später tritt Mara in einem weißen Seidenkleid vor das kleine Publikum. Luisa nickt zaghaft.

»Zum Anbeißen!«, kommentiert Carina anerkennend. Maras lange dunkle Locke hebt sich auf dem matt schimmernden Stoff ab, der sich um ihren weiblichen Körper schmiegt, als hätte die Seide ihre Unschuld nur für Mara bewahrt.

»Vor der Hochzeit ist es wichtig, sich noch einmal zu verlieben«, kommentiert die Verkäuferin, »und zwar in das Kleid. Dieses empfehle ich Ihnen uneingeschränkt.«

Mara strahlt.

»Meine Tochter kann alles tragen.« Mutter Marianne kommen die Tränen. Mara nimmt sie in den Arm.

»Ach Mama, ich bin ja nach der Hochzeit nicht aus der Welt.« Die Schultern der Mutter beben. »Jetzt suchen wir noch ein schönes Kleid für die Brautmutter!«

Marianne beruhigt sich nur langsam. Sie finden ein dunkellila Kleid mit weißen Rosenkonturen, das Mariannes füllige Rundungen strahlen lässt.

Geschafft. Carina nimmt den letzten Schluck Prosecco.

»Ich hätte da auch noch was für Sie!« Die Verkäuferin kommt auf Carina zu.

Die hat ihren Job aber auch drauf, denkt Carina.

»Mir stehen nur Hosenanzüge, das hat sogar eine Stilberaterin bestätigt«, versucht sie, das Angebot abzuwehren.

Die Verkäuferin lächelt nur.

»Also gut, warum nicht.« Carina steht auf.

Die Verkäuferin hilft ihr in ein altrosa Etuikleid, das knackig sitzt und über Carinas Kniescheibe endet. Sie fühlt sich nicht schlecht, als sie vor das Bewertungsgrüppchen tritt. Dieses enge Kleid scheint ihren sportlichen Körper zu lieben und zaubert zudem etwas Oberweite. Carina geht langsam ein paar Schritte auf den Fußballen um höhere Schuhe zu simulieren.

»Sieht toll aus.« Mara nickt anerkennend.

»Jetzt kommt der Clou.« Die Verkäuferin macht sich an Carinas Rücken zu schaffen. »Sie können hinten die Enden aus der Schlaufe lösen.« Kurz darauf fühlt Carina es an ihren Waden kitzeln. Ein hauchzarter Stoff umspielt großzügig ihre Hüften und Beine. Sie folgt einem Impuls und beginnt sich zu drehen. Der Rock hebt sich. Bilder aus ihrer Mädchenzeit steigen auf, in denen sie ihren Sommerrock durch schnelles Drehen hochfliegen lässt. Ihre Schultern entspannen sich und sie zieht am Kopf die Spange ab. Die Haare folgen den Wellen des Rocks, als sie sich weiter dreht.

»Wenn du das nicht nimmst, bist du ganz schön bescheuert.« Mara holt sie zurück in den Brautmodenladen.

Nachdem sie sich voneinander verabschiedet haben, sitzt Carina wieder im Auto. Den Sicherheitsgurt legt sie nur widerwillig um und tritt auf das Gaspedal. Der Mini Cooper verlässt wendig die Parklücke. Auf den Rücksitz wartet neben ihrem Blazer ein Kleid in edler Papiertüte mit zuschaltbarem Rock-Turbo.

Sylvana, die nicht von dieser Welt ist

Gisela Masseck

Das konnte doch nur meine neue Putzfrau Sylvana sein, die vor meiner Haustüre unruhig hin und her hüpfte. Immer wieder blickte sie auf die Namensschilder und wuselte wie eine mit dem Kopf ruckende Taube auf der Türschwelle von einer Seite zur anderen. Leise sprach ich sie an: »Sylvana?« Aus weiter Ferne blickten mich ihre verlorenen Augen einen Moment an, während sie einen gurrenden Laut von sich gab. »Möchten Sie zu Sieber?«, fragte ich sicherheitshalber nach. »Ja, ja, ja, ja«, kullerte es aus ihr heraus. »Es tut mir leid, dass Sie warten mussten, ich war noch beim Bäcker gegenüber. Aber Sie sind etwas zu früh da. Kommen Sie!«

Sylvana hielt zwei volle Plastiktüten, Handtasche und Mantel an ihren Körper gepresst. Mit flatternden Füßen schwebte sie ins Haus hinein, nie durften ihre Beine auf dem Boden ruhen, so als wenn es ihr bisher nicht gelungen wäre, endgültig in dieser Welt anzukommen. Ihren massigen Körper, von einem engen schwarzen Rock und einer roten Bluse umhüllt, trug sie mit Leichtigkeit mit sich.

Ich führte sie durch meine Wohnung und informierte sie über meine Wünsche, wie sie die Räume sauber machen sollte. Unkonzentriert hopste sie an meiner Seite mit, schob ihren Kopf von da nach dort. Ihr rundes, gut unterfüttertes, blasses Gesicht bestand in erster Linie aus riesigen blauen und mit breiten schwarzen Kohlstiften umrandeten Kulleraugen, die mich nicht ansehen, die auf gar nichts liegenbleiben konnten, denn Verweilen ging wohl nicht bei ihr. Sie hatte ihren Platz noch nicht gefunden und voller Unruhe musste sie suchen und suchen. Ich nahm ihr hellblondes, gelocktes Haar wahr, das sie mit ein paar Spangen aufgetürmt hatte. Bestimmt sehr schönes Haar, wenn es offen war, das viele Männer begeistern konnte.

Aus einer Tüte holte sie nun zu meinem Erstaunen mehrere Reinigungstücher und Putzmittel heraus. »Sie brauchen das doch nicht mitzubringen, das bekommen Sie alles von mir«, meinte ich bewusst sehr freundlich. Sie sollte es nicht als Vorwurf auffassen. »Ich habe genug davon«, antwortete sie in ihrer holprigen Sprache. Ich gab ihr trotzdem auch meine Utensilien, die sie zu ihren auf den Boden legte.

Dann stellte sie den Staubsauger an, nahm ihn aber nicht in die Hand, sondern fing an, mit dem Staubtuch auf dem Sideboard herumzuwedeln. Ja, zu wedeln, anders kann ich es nicht nennen. Den Staub, den sie mit den Spitzen des Tuches aufnahm, schüttelte sie gleich wieder aus. Ich hielt mich zurück. Danach saugte sie um den Schrank herum, nein, saugen ist das falsche Wort, sie machte einige schwingende Bewegungen mit der Staubsaugerdüse, mehr über als auf dem Boden, und legte dann das Saugrohr wieder auf die Seite, ohne den Strom abzustellen. Als nächstes winkte sie in ihrer eigentümlichen Manier mit dem Staubtuch dem Fernseher zu. Nun musste ich eingreifen. Ich zeigte ihr meine Art, Staub zu wischen, und bat sie, den Staubsauger auszumachen, wenn sie ihn nicht benutzte. Um Luft zu holen, ging ich ins Schlafzimmer und bezog mein Bett neu.

Danach schaute ich in die Küche, wo Sylvana gerade dabei war, aus meinem großen Abfallbehälter die halbvolle Mülltüte aus der Halterung heraus zu winden, was aussichtslos war, da sie das Prinzip nicht erkannte. In einer Hand hielt sie ihre eigene große Mülltüte bereit, in die sie, wie sie zögerlich und in Wortbrocken mitteilte, alles hineinkippen wollte. Ich hielt sie davon ab, diese überflüssige Prozedur zu vollziehen. Sie raffte ihre Putzsachen zusammen, die sie die ganze Zeit in ihrer Nähe behielt, weil sie ihr wohl Halt gaben und ihr die Berechtigung vermittelten, überhaupt hier zu sein, und ging ins Bad. Mit dem Kopf schlenkernd tänzelte sie auf ihren Ballerinas und nahm dabei den ausdruckslosen Rumpf mit, der wie erstarrt zwischen ihren Extremitäten hing. Kurz darauf kam aus dem Raum eine Duftwolke aus reiner Chemie. Ich steckte meinen Kopf durch die Tür und sah Sylvana über die Wanne gebeugt in einem ekelhaften Dunst die weißen Flächen einschäumen. Ich hielt mir die Nase zu, rief »Bitte spülen Sie mit ganz viel Wasser nach!« und zog mich zurück. In mir brodelte es.

Nach zwei Stunden war dieses kuriose Abenteuer zu Ende. Sylvana war fertig, meine Wohnung keineswegs sauber. Ich bat sie, Platz zu nehmen, doch die rastlose Taube bewegte sich weiter auf ihren unruhigen Beinen. Ich versuchte, ein wenig mit ihr ins Gespräch zu kommen, und stellte Fragen nach ihrer Lebenssituation, doch ihre Antworten schienen mir zurechtgelegt und auswendig gelernt. Ich spürte ihren Wunsch, endlich diese Situation beenden und gehen zu können. Die Höhe der Bezahlung überließ sie mir und ich gab ihr mehr, als ich jeder anderen Person gegeben hätte.

Sie nahm ihre Sachen und zauberte beim Öffnen der Wohnungstüre eine Geschenktüte mit zwei Schachteln Pralinen aus ihren Taschen, die sie mir, ohne ein Wort oder Lächeln, in die Hand drückte. Auf und ab wippend wartete sie auf den Aufzug, während ich mich bei ihr bedankte und fragte, ob sie den Weg zur U-Bahn wieder finde. »Ja, rechts und dann links, das weiß ich, das habe ich mir gemerkt«, sagte sie mit einer Spur Stolz in den gehauchten Worten. Ich schloss die Türe hinter ihr und seufzte.

Nichts anzuziehen

Nicola Scheifele

Der Schlafzimmerschrank gähnt Doris entgegen. Sie steht davor – bis auf Büstenhalter und Slip nackt, feuchtelnd von der Dusche und glänzend von einer guten Portion Bodylotion. Drin drängt sich Bügel an Bügel. T-Shirts und Pullover stapeln sich zu wackligen Stoffhügeln, unten ein Schuhkarton über dem andern. Doris steht nicht nur vor ihrem opulent gefüllten Kleiderschrank, sondern auch vor der Frage, die viele ihrer Geschlechtsgenossinnen morgens quält: Was ziehe ich heute an? Rock oder Hose? Kleid oder Kombi? Bluse oder T-Shirt?

Achtzehn Grad, Regenwahrscheinlichkeit bei zwanzig Prozent um neun Uhr; zwanzig Grad, Regenwahrscheinlichkeit bei achtzig Prozent um zehn Uhr – das behauptet die derzeit angeblich beste Wetter-App, die ihre Freundin Felicitas wärmstens empfohlen hat. Doris' Smartphone liegt griffbereit auf ihrem Nachtkästchen, direkt neben ihrem

Zwei-auf-zwei-Meter-Bett. Gleich daneben türmt sich ein Bücherberg, umringt von zahlreichen Kartonagen.

Doris schiebt die Bügel auf der Stange nach rechts. Wobei: Bei hundert Bügeln auf einem Meter Stange kann von Schieben kaum die Rede sein. Doris schafft es dennoch, ihre Jeans mit dem Leopardenmuster herauszuzerren. Die schauen bestimmt sexy aus.

Aber welches Oberteil dazu? Sie greift in einen der T-Shirt-Hügel. Natürlich liegen die beigen zuunterst. Während sie auf ihr Klapphockerchen steigt und am untersten Shirt mit der einen Hand zieht, versucht sie die andere gegen den Stapel darüber zu stemmen. Umsonst. Auf einmal regnet es T-Shirts in allen Farben. Doris schafft es gerade noch, sich auf ihrem Hockerchen zu halten und nicht mitzuregnen. Sie klettert vorsichtig herunter und durchwühlt den bunten Haufen. Da muss doch dieses tailliert geschnittene Teil sein, das so gut zu ihren Leo-Jeans passt Das mit dem großen runden Ausschnitt …

Als Doris den Haufen zweimal durchpflügt hat, fällt es ihr ein: Sie hat das T-Shirt vor zwei Tagen für die Wäsche aussortiert. Um ganz sicher zu gehen, lüpft sie den Deckel des Wäschekorbs, aus dem es ihr entgegenmüffelt. Mit angehaltenem Atem wühlt sie sich durch gebrauchte Slips und Strumpfhosen – bis sie ihren Wunschkandidaten entdeckt. Aber so zerknittert und angemüffelt kann sie das Teil nicht mehr anziehen. Vor allem nicht heute!

Schnell wieder den Deckel drauf! Sie watet durch die T-Shirts zurück zum Kleiderschrank und rupft das luftige weiße Sommerkleidchen mit den Spaghettiträgern hinter zwei Samtsakkos hervor. Mit einem Stirnrunzeln hält sie es sich samt Bügel vor die Brust, um sich im Spiegel des Schlafzimmerschranks zu begutachten. Ist das nicht zu kurz? Zu groß der Ausschnitt? Zu gewagt? Doris huscht mit um die Knöchel spielenden T-Shirts zum Nachtkästchen hinüber.

Wie viel Grad waren das nochmals um zehn Uhr? Ach ja: zwanzig Grad. Das könnte gehen. Die Gänsehaut auf ihren

Armen mahnt zu einer Alternative. Vielleicht doch der lange, geblümte Rock mit den Volants? Der lässt sich vielleicht mit dem Blüschen, das es kürzlich so günstig bei Tchibo gegeben hat, kombinieren. Das dunkelblaue Strickbolero dazu – das kann sie dann immer noch ausziehen.

Sie wirft das weiße Fähnchen aufs Bett, wo bereits Jeans, Bademantel und Nachthemd gelandet sind. Aber wo ist denn nur der Blümchenrock? Ist er beleidigt, weil sie ihn nie an-gezogen hat, obwohl sie ihn beim Einkaufsbummel mit ih-ren Mädels unbedingt haben musste, bevor Felicitas ihn ihr wegschnappen würde? Doris wühlt weiter. Da: der schwarze, enge Nappalederrock! Den hat sie schon ewig nicht mehr ge-tragen. Heraus damit! Schnell schlüpft sie hinein.

Oder besser: Doris versucht es. Denn plötzlich bleibt er stecken, saugt sich geradezu an ihren Schenkeln fest. Nichts geht mehr – so sehr sie auch zieht und zerrt – weder in die eine noch in die andere Richtung. Beim zufälligen Blick in den Spiegel muss sie an die prall gefüllte Currywurst denken, die sie am Vorabend auf dem Grillfest in der Nachbarschaft verspeist hat.

Doris atmet aus, hält die Luft an, zieht den Bauch ein, quetscht ihre Daumen zwischen Rockbund und Taille – da kommt der Reflex zum Einatmen. Aua! Das schnürt ein! Wieder ausatmen, Bauch einziehen und schnell die Daumen raus. Uff! Aber wie kommt sie jetzt aus dem blöden Rock wieder raus? Doris nimmt sich vor, ihn zur Strafe in die Klei-dersammlung zu geben. Doch dann kann sie eigentlich gleich die Schere nehmen. Mit zusammengezwängten Beinen und ihrer T-Shirt-Schleppe watschelt sie zum Nachtkästchen. Schon kurz vor zehn Uhr, höchste Zeit! Und sie hat immer noch kein passendes Outfit!

Hastig zieht Doris die Schublade des Nachtkästchens auf. Wo ist die verflixte Nagelschere? Sonst drängelt sie sich im-mer in den Vordergrund und verlangt als Nächstes ein Pflas-ter. Während sie in Taschentüchern, Handcremes, Bettsocken und Kopfschmerztabletten kramt, klingelt es. Ding-Dong.

Verdammt! Warum muss Percy immer so pünktlich sein? Ding-Dong. Es klingelt nochmals an der Haustür. Jetzt hat sie die Schere! Aber zu spät. Sie sieht gerade noch durch die Gardine ihres Schlafzimmerfensters, wie der gut gebaute Paketbote in seinen gelben Transporter steigt. Und schon ist er davon – und mit ihm Doris' Hoffnung.

Doch die gibt sie nicht auf. Nachdem sie sich aus dem schwarzen Ledermini geschnitten und geschält hat, greift Doris das oberste Buch vom Stapel, der sich neben ihrem Bett auftürmt. Sie nimmt sich eine der Kartonagen, steckt das Buch hinein, verklebt das Ganze mit Paketband, pappt ein weißes Klebeetikett drauf und beschriftet es:

An Doris Hägele
Eichenweg 7
88594 Ottobrunn

Wenn sie es bis elf Uhr auf die Poststelle im Supermarkt schafft, hat sie schon morgen wieder eine neue Chance...

Stopp!

Heike Krapf

Das frühe Aufstehen macht ihr noch immer zu schaffen. Um halb fünf muss sie wach und fit sein. Seit einem halben Jahr arbeitet sie an der Kreuzung, wo sich Lazarett- und Bahnhofstraße treffen. Noch ist alles ruhig. Ein Blick nach rechts oben verrät ihr, dass die beiden Kollegen noch nicht aktiv sind, es brennt kein Licht. Die oberen können es sich erlauben, später zu kommen, während sie in jedem Fall da sein muss. Auf ihrem Posten als unterste Ampel des Dreigestirns Bahnhofstraße muss zu gewissen Zeiten geregelte Signalbeleuchtung herrschen.

Angela startet mit Grün und ihr Blick wandert nach hinten, wo Raimund als untere Ampel des Trios Lazarettstraße arbeitet. Ok – er hat Rot – wie immer um diese Zeit. Aber was macht er jetzt? Sein Gelb flackert nur kurz und schwupp ist er auf Grün. Schnell springt sie auf Rot, um Raimunds verfrühtem Grün entgegenzuwirken.

Da kommt die dunkelblonde Frau im grauen Golf wie jeden Morgen. Sie sieht müde und angespannt aus. Angela schaut auf die Bahnhofsuhr: zwei Minuten nach fünf. Die Frau ist spät dran, normalerweise fährt sie mindestens eine Viertelstunde früher vorbei. Ich muss sie sofort durchlassen, denkt Angela – also Grün. Ein zaghaftes Lächeln huscht durch die Windschutzscheibe. Die Frau gibt erleichtert Gas.

Raimund ist drüben weiterhin auf Grün. Zum Glück kam eben auf der Lazarettstraße kein Auto. Eigentlich gibt es ja Regeln, wie lange die einzelnen Farbphasen dauern dürfen und wie man sich mit Kreuzungskollegen abzustimmen hat. Ungeachtet dessen hängt er im Grün und hat sie noch nicht mal mit einem Guten-Morgen-Gelb begrüßt. Dabei war es gestern so lustig mit ihm. Sie haben sich ein wildes Blinkkonzert geliefert und sogar versucht, gemeinsam ein echtes Blau hinzubekommen. Heute achtet er jedoch nicht auf sie. Ständig muss Angela deshalb prüfen, ob die Lazarettstraße frei ist, damit sie dazwischen Autos durch die Bahnhofstraße fahren lassen kann.

»Angela, hast du mal wieder überpünktlich angefangen?«, ruft es von oben, »das interessiert doch kein Schwein!« Larry ist eingetroffen.

»Und ich geh heute übrigens früher!«, trällert Harry neben ihm.

»Recht hast du!«, bestärkt ihn sein Nachbar.

Na toll, denkt Angela, kann ich mal wieder allein die Stellung halten bis heute Nacht um halb eins. Sie schaltet wieder auf die obere Farbe.

»Rot ist angesagt Jungs!«, ruft sie den beiden zu, die keine Anstalten machen, überhaupt einen Lichtschein zu zeigen.

»Raimund, was läuft?«, begrüßt Larry den Ampelkollegen. »Das Grün steht dir ja heute ausgezeichnet. Gestern wohl ein paar Mojitos zu viel getankt?« Er lacht ausgiebig.

»Lasst mich in Ruhe!«, dröhnt es von der Querstraße.

Vor Angela hält ein Porsche. Sein Fahrer reißt die Hände hoch und bewegt ruckartig seine Mundwinkel. Durch die geschlossene Scheibe sind Fetzen von Schimpfwörtern zu hören. Sie setzt ein Lächeln auf, um ihn zu beruhigen, und dreht sich nach hinten.

»Raimund, wie wär's mal wieder mit Rot!«, raunt sie ihm zu.

»Wenn's sein muss ...«, grummelt er und wechselt endlich mal die Farbe. Angela kann jetzt auf Grün gehen. Sie winkt dem Porsche-Fahrer zu. Doch der kurbelt sein Fenster runter und ruft: »Na also, geht doch! Das wurde auch höchste Zeit!«

Langsam wird es heller und der Verkehr dichter. Ein Fahrradfahrer klappert in einem Affenzahn an Angelas Rot vorbei direkt auf die Lazarettstraße. Dort strömen die Autos zügig und zahlreich, getragen von Raimunds grüner Welle. Begleitet von einem wirren Hup- und Bremskonzert schafft es der Radfahrer gerade noch, sich durchzuschlängeln.

Angela schaut nach links unten. Die Fahrradampel ist aus.

»Hast du Anni schon gesehen?«, fragt sie Harry.

»Die unterhält sich noch da vorne bei der Baumgruppe«, entgegnet er.

Anni ist noch in Ausbildung und für die Fahrradfahrer zuständig. Deshalb darf sie zwar später anfangen, müsste aber dennoch längst da ein.

»Aaaannnniii ...«, ruft Angela in Richtung der bepflanzten Verkehrsinsel vor dem Bahnhof.

Ertappt schaut Anni zu Angela und ist sofort zur Stelle. Sie blinkt in ihrem jugendlichen Gelb.

»Es tut mir leid, ich hab' die Zeit vergessen«, säuselt sie.

»Rot, Anni, Rot ...«, entgegnet Angela ungeduldig.

Verlegen wechselt Anni die Farbe.

Vor ihnen bildet sich der erste Stau des Tages. Manche Autofahrer hupen. Andere rufen aus ihren Fenstern. Einer steigt sogar aus dem Auto und kickt gegen die Säule unter

Angela. Anni schaut abwechselnd auf den Fahrradweg und zu ihrer Chefin. Sie zittert.

»Mach' es mir einfach nach«, beruhigt Angela die junge Ampel und schaltet auf Gelb. Augenblicklich zieht sich der Tumult zurück und eine konzentrierte Stille legt sich über die Autoschlange.

»Raimund – Zeit für Rot!« Sie harrt so lange in Gelb aus, bis Raimund sein Grün verlässt. Nun kann sie endlich selbst die beliebte Farbe annehmen. Die Freude hält jedoch nicht lange an, da Raimund sich schon wieder vom Rot verabschiedet, nachdem gerade mal drei Autos von ihrer Straße die Kreuzung überqueren konnten. Raimund scheint es nicht gut zu gehen, kann ja mal passieren. Sicher wird er morgen wieder auf sie achten. Eine zähe Übelkeit steigt in ihr auf.

Harry und Larry blödeln oben schon seit einer Viertelstunde und vergessen darüber das Leuchten. Die brauchen wohl mal wieder eine Pause zum Witze reißen. Sie fühlt einen deutlichen Stich in der oberen Lampe. Inzwischen spielt Anni in unsachgemäßer Reihenfolge mit ihren Farben, ohne auf den Verkehr zu achten. Man kann ihr keinen Vorwurf machen, sie ist eine verträumte Ampel und noch in der Lehre. In ihrer Jugend hätte Angela sich auch mehr Verständnis gewünscht.

Direkt vor Angela hebt eine blonde Frau im Cabrio demonstrativ ihre Hand, knallt sie auf die Hupe und hält diese gedrückt. Der metallische Ton erfüllt den ganzen Kreuzungsraum. Zwei Autofahrer steigen aus, rennen geradewegs auf Angela zu und rütteln an ihrer Stange. Der Strom fließt in jede Ecke ihres Ampelkörpers. Hinter ihr donnern Kolonnen von Lastwagen vorbei. Der Boden vibriert.

Ein heißer Knoten bildet sich in ihrem Inneren. Er wuchert in ruckartiger Geschwindigkeit und bereitet ihr ein quälendes Völlegefühl. Ihre Lichter gehen zuerst aus. Dann zucken alle drei in Grün und kurz darauf in einem seltsamen Ockergelb.

Schließlich flackern sie wild in einem feuerspeienden Rot. Mit einem plötzlich aufkommenden grellen Schrei degradiert Angela das Hupen des Cabrios zu einem Kinderflötenton. Alle Auto- und Lastwagenfahrer erstarren. Harry und Larry, Raimund und Anni blicken mit ängstlichem Gelb auf sie. Der Knoten in Angela dehnt sich weiter aus und platzt. Eine Wolke aus rotem Ruß bricht sich Bahn und schießt aus ihr hoch hinaus über die Ampelanlage weit nach oben.

Wie in Zeitlupe fallen die Rußpartikel vom Himmel und bedecken die ganze Kreuzung. Die Fahrer klammern sich mit ihren Händen ans Lenkrad. Die anderen Ampeln zeigen ein schwaches Zitronengelb. Eine tiefe Ruhe breitet sich aus, wie nach frisch gefallenem Schnee. Nach und nach löst sich die Erstarrung und alle beginnen wieder zu atmen. Angela sieht die Kreuzung von oben und sich selbst mit rotem Ruß bedeckt.

Langsam nähert sie sich ihren drei geschlossenen Lichtaugen und schlüpft wieder in ihren Ampelkörper. Von der mittleren Lampe ausgehend breitet sich ein leuchtendes Blau aus, das die Kreuzung in eine klare Frische taucht. Sie atmet noch einmal tief durch und leuchtet dann in ihrem schönsten Grün.

MIT ALLEN SINNEN

Spätvorstellung

Nicola Scheifele

Vorspiel

»Take these broken wings
You got to learn to fly, learn to live
And live so free...«

Laut singt Viktoria den 80er-Jahre-Hit mit. Zu den Klängen dieses Songs hat sie R. kennengelernt. Ihr rot gelocktes Haar flattert im Fahrtwind der lauen Sommernacht, locker liegen ihre Hände auf dem Lenkrad des himmelblauen, weit geöffneten Fiat Barchetta. Das heißt Bötchen im Italienischen. Und wie eine Nussschale auf sturmbewegter See kommt sich Viktoria vor, während sie um Mitternacht auf der breiten Ringstaße dahinbraust. Nahezu allein, es ist ein Tag mitten unter der Woche. Morgen müssen die meisten früh aufstehen. Aber wofür? Schlaftrunken aus dem

Bett taumeln, zur Arbeit fahren, das eine oder andere Projekt erledigen, ein Plausch mit Kollegen, vielleicht noch ins Kino und das war's dann schon ? Immer das Gleiche, tagaus tagein – ohne ein dunkles, aber funkelndes Geheimnis zu haben?

Viktoria seufzt. Wieder einmal ist sie auf dem Weg zu R. So nennt sie ihn, weil sie auch für das, was sie miteinander verbindet, keinen Namen weiß. Wie immer hat sie angerufen, um das nächtliche Treffen vorzuschlagen. Mit diesem widersprüchlichen Gefühl aus Bangen und Hoffen, dass er diesmal keine Zeit hat. Doch er hat sie aufgefordert zu kommen – wie immer um Mitternacht.

Beim vorigen Mal schlug er ihr mit diesem dreckigen Grinsen vor, sie solle für ihn einen Striptease hinlegen. Ein Wunsch, den sie spontan ablehnte. Viktoria will sich keine Blöße geben. Zwar tanzt sie gerne in den Clubs der Stadt mit dem wohligen Wissen, dass sie die Blicke der Männer auf sich zieht – so hat sie schließlich auch R. kennengelernt – aber noch nie hat sie sich tanzend vor einem Mann ausgezogen. Und sein Vorschlag verletzt sie. Zeigt er doch, was sie wirklich für ihn bedeutet: ein nettes Spielzeug für die Nacht – nicht mehr, nicht weniger.

Wie oft hat sie sich schon vorgenommen, alles zu beenden? Doch die Macht der Nacht lockt. Viktoria ruft an, R. lässt sie kommen – wenn er es einrichten kann. Nie meldet er sich als Erster. Viktoria wünscht es sich – und gleichzeitig auch wieder nicht. Sie weiß nicht, wie sie darauf reagieren würde.

So wie es ist, hat sie ein dunkles Geheimnis, das ihrer Fantasie freien Lauf lässt. Sie kennen sich kaum, aber sie kann sich alles vorstellen – was und wie er ist. In ihren Tagträumen ist er der Spion, der sich bei ihr, nur bei ihr, von seinen anstrengenden Missionen erholt. Darum darf sie nur das

Allernötigste von ihm erfahren. Und eines Tages würde er sie mitnehmen in eine ferne Welt...

Eine Welt, in der es Peter nicht geben wird, der nichts von R. und ihren nächtlichen Trips weiß. Peter, mit dem sie eine Fernbeziehung pflegt.

Höhepunkt

Der Gedanke an den Strip ließ Viktoria nicht mehr los. Jetzt ist sie unterwegs, R. die Blöße zu geben, die er sich gewünscht hat. Kurz zögert sie, als sie sich der vorletzten Ausfahrt nähert, dann gibt sie Gas. Nein, sie kehrt nicht um, sie zieht das jetzt durch.

Grinsend öffnet R. auf ihr Klingeln die Wohnungstür. Viktoria schlängelt sich an ihm vorbei, direkt ins Schlafzimmer, wo sie ihre Tasche auf den Boden plumpsen lässt und das Licht anknipst.

»Nanu, was wird das jetzt?«, fragt er und lässt sich auf dem breiten Bett nieder. Lässig lehnt er sich gegen die Wand, legt die Beine hoch und mustert sie mit Schlafzimmeraugen: Sein Blick wandert von oben nach unten und wieder nach oben – bis er auf ihren Brüsten hängen bleibt.

»Wirst schon sehen«, bemerkt sie leise und dimmt die Deckenlampe herunter, bis nur noch sanftes Dämmerlicht den Raum erfüllt.

»Oho«, er pfeift durch die Zähne, als sie ihren Mini-CD-Player auspackt.

Flink stellt sie das Gerät an.

»Hi, Tiger«, haucht April Stevens lasziv durch den Raum. »*Teach me tiger, how to kiss you – wah wah wah wah wah...*« Viktoria lässt mindestens genauso lasziv ihre Hüften kreisen. Mit den Händen streicht sie sanft über ihren Körper, wuschelt ihre Haare auf, kringelt mit den Zeigefingern ihre Brüste ein, schlängelt sich durchs Zimmer.

»*Show me tiger – how to kiss you …*«

R. schaut gebannt auf das, was ihm geboten wird. Das Grinsen verschwindet aus seinem Gesicht, als sie sich umdreht und bückt, rhythmisch zur Musik den Po vor ihm hin und her schwenkt.

»*Take my lips, they belong to you …*«

Langsam dreht sie sich um, knöpft ihre Bluse zur Hälfte auf, beugt sich über ihn, um sein Hemd gleichfalls zu öffnen, was er widerstandslos geschehen lässt.

»*Show me first – show me what to do …*«

Während sie an ihrer Bluse weiterknöpft, mustert sie ihn mit strengem Stirnrunzeln, was ihn anzuturnen scheint. Er will nach ihr greifen …

»*Wah wah wah wah wah*« – wie Krallen fährt sie ihre Finger aus und ein und tänzelt zurück zum Player. Dort zieht sie aus ihrer Tasche unauffällig die mitgebrachte Handschelle, hält sie hinterm Rücken versteckt. Sie holt sie erst hervor, als ihre Hüften bereits wieder vor seinem Gesicht kreisen. Mit einem Lächeln lässt sie die offenen Metallringe vor seinem Gesicht baumeln.

»*What must I do – to make you – my very own …?*«

»Wetten, dass du dich nicht traust?«, haucht sie ihm ins Ohr.

»Wenn du dich traust …«, erwidert er mit leicht brüchiger Stimme.

In Zeitlupentempo zieht Viktoria die Bluse aus. Sie beugt sich über ihn, sodass ihre Busenspitzen fast seine Nase berühren und er tief in den freigelegten BH-Ausschnitt blicken kann. Sachte nimmt sie sein linkes Handgelenk, legt es in einen der Handschellenringe und lässt diesen zuschnappen. Das andere Ende befestigt sie am hinteren Bettrahmen.

»Hei, was soll das?«

Viktoria legt ihm sachte den Zeigefinger auf den Mund, lächelt ihm verführerisch verheißungsvoll zu. In Slow Motion dreht sie sich um, zieht Zähnchen für Zähnchen den Reißverschluss ihres Rocks auf, bis dieser über ihre ausladenden, wieder kreisenden Hüften zu Boden fällt. Sein Blick verfolgt jetzt jede ihrer Bewegungen.

»Tiger, tiger – I wanna squeeze you –
wah wah wah wah wah
All of my love – I will give – to you...«

Sie nestelt am BH-Verschluss, hält inne, um ihn dann plötzlich aufschnappen zu lassen. Langsam und geschmeidig zieht sie den Büstenhalter aus und wirbelt den Träger im Rhythmus der Musik ein paar Mal um ihren Zeigefinger, bis das schwarze Spitzenteil losflattert und auf seinem Gesicht landet. Tief atmet er den daran haftenden Körpergeruch ein.

»But teach me – tiger –
Or I'll teach you!«

April Stevens kommt zum Ende. *»Tiger!«*, schmachtet sie noch einmal sehnsuchtsvoll, während Viktoria leise zum CD-Player schleicht. Ein letzter, lustvoller Seufzer – plötzlich ist es still, das Schlafzimmer hell erleuchtet.

»Hei, komm her! Was soll der Quatsch?« R. rüttelt an seiner Fessel.

Viktoria zieht sich gemächlich an, den Büstenhalter überlässt sie ihm. Bedächtig packt sie den CD-Player in die Tasche, rückt sich Rock und Bluse zurecht und verschwindet aus dem Schlafzimmer, während er mit den Beinen strampelt, an der klirrenden Handschelle zerrt und sie lauthals beschimpft: »Du elendes Mistück, mach mich sofort wieder los, verdammt!«

Nachspiel

Sie kommt zurück, sein Handy in der Hand.

»Vorsicht! Pass' auf, dass es nicht runterfällt. Das könnte böse enden«, ermahnt sie ihn, als sie das Gerät beinahe zärtlich in äußerster Reichweite seiner rechten Hand auf die Matratze legt und das kleine Schlüsselchen für die Handschelle auf dem hohen Schlafzimmerschrank deponiert. Ein letzter hingehauchter Handkuss und sie entschwindet. »Ruf doch mal an!«, hört er noch, bevor die Wohnungstür leise zuklappt.

Riechprobe

Marion Liedtke

Alle in Frage kommenden zukünftigen Mitarbeiter müss-ten sich nicht nur einem fachlichen Eignungsgespräch, sondern auch einem intensiven heimlichen Geruchstest un-terziehen, nahm sie sich fest vor.

Natürlich konnte sie ihrem Team nicht offen kommuni-zieren, wie genau und warum sie bei den nächsten Bewer-bungsgesprächen so spürsinnig vorgehen wollte und was genau der Grund für die frühzeitige Beendigung der engen Zusammenarbeit mit ihrem bisherigen Assistenten war, aber insgeheim setzte sie dieses olfaktorische Auswahlkriterium neben fachlichen Qualitäten an erste Stelle für denjenigen neuen Bewerber, der sein Plätzchen wieder schräg gegenüber ihres Schreibtisches in ihrem Büro einnehmen sollte.

Da sie mit einer sehr empfindlichen wie auch relativ langen aristokratischen Nase ausgestattet war, legte sie großen Wert darauf, ihre Mitmenschen, mit denen sie in engerem Kontakt stand, gut riechen zu können. Weil sie die meiste Zeit ihres

Lebens in ihrer mit harter Arbeit aufgebauten Firma verbrachte, gehörten ihre Mitarbeiter in genau diese Kategorie.

Zu gut sollten sie allerdings auch wieder nicht zu riechen sein, wie ihr die Erfahrung mit ihrem gerade entlassenen Assistenten Herrn Mustafa, wie sie ihn immer nannte, zeigte, daher wollte sie ihre Personalauswahl diesmal schon bei der Einstellung sorgfältiger treffen und deutlich analytischer angehen, als sie es seinerzeit bei ihm tat.

Von diesem ehemaligen Mitarbeiter, einem temperamentvollen hübschen Tunesier mit perfekten Deutsch- und PC-Kenntnissen, der ihr damals von Geruchswegen auf Anhieb besonders angenehm aufgefallen war, hatte sie sich nämlich ordentlich blenden lassen. Der entpuppte sich im Laufe der Zusammenarbeit vom exotischen moschus- und testosterongeschwängerten Schmetterling, der alte Erinnerungen aus den Sechzigern bei ihr hervorrief, zur übelriechenden glitschigen Raupe, die man am liebsten zertreten wollte, so sehr hatte sie sein Geruch in der letzten Zeit angewidert, nachdem er sie so eiskalt und plump abgewiesen hatte, obwohl er ihrer Meinung nach derjenige war, der ihr vorher monatelang schöne Augen gemacht und sie damit animiert hatte, sich ihm mehr zu nähern, als es einer Chefin von Berufs wegen zusteht.

Es muss zudem diese köstliche Mischung aus patschuliartigen, herben, männlich starken Nuancen von Muskatnuss, Zedernholz und Tonkabohne gewesen sein – schon kam sie wieder ins Träumen –, die ihn immer umgab und ungewollt stark aphrodisierend auf sie zu wirken schien und ihr letztlich den Verstand raubte, anders konnte sie sich diese peinliche Entgleisung nicht erklären.

Schwamm drüber, aber das durfte ihr nicht noch einmal passieren.

Um sich dieser Situation gar nicht erst auszusetzen, wollte sie daher diesmal unbedingt darauf achten, dass sie jemand gewöhnlicher Riechenden in die Firma holte, dessen möglichst neutrale Ausdünstung sie dann nicht nur hoffentlich länger ertragen würde, sondern auch auf gar keinen Fall mehr eine so anziehende, emotionale Auswirkung auf sie haben sollte.

Die Bewerbungsmappen lagen bereit, für heute Nachmittag wurden vier männliche und zwei weibliche Aspiranten für die Ganztagsstelle ihres persönlichen »Global Marketing Assistant«, wie sie es hochtrabend ausgeschrieben hatte, erwartet. Dass sie mit dem Wort »Global« nicht weltweit, sondern Mädchen für alles meinte, sollten die Bewerber im Laufe der Zeit selbst herausbekommen, die kleine Vergeltung dafür, dass Mustafa sie so in ihrer Ehre gekränkt und sie im wahrsten Sinne des Wortes an der Nase herumgeführt hatte.

Der erste Bewerber wurde hereingerufen und betrat den Besprechungsraum. Äußerlich ein ansprechendes, aber auch nicht zu attraktives schlankes Erscheinungsbild, dem sie einen Platz mitten im Büro und ein Getränk anbot. Während sie die üblichen Fragen nach seinen Stärken und seinen Schwächen, die eigentlich keine sein sollten, seinen Gehaltsvorstellungen und seinem besonderen Engagement in der Freizeit abklopfte, stand sie bedächtig auf und umkreiste langsam, mit unmerklich schnüffelnden leicht aufgestellten Nasenflügeln seinen Stuhl, was den jungen Mann sichtlich etwas irritierte, er sich aber nicht weiter anmerken ließ, um sein Aftershave oder eine andere männliche erregende Duftnote zu erhaschen – zu ihrer Erleichterung stieg nichts Unangenehmes oder Aufregendes in ihr empfindliches Riechorgan.

Der nächste Test bestand darin, dass sie ihn bat, seine beruflichen Stationen mit seinen Händen und Armen enthusiastisch gestikulierend zu untermauern und die Arme dabei möglichst hoch zu reißen, um unbemerkt die Umgebung seiner Achselhöhlen begutachten zu können und um herauszufinden, ob ihm etwas übelriechender Schweiß zu entlocken war oder sich gar Schweißränder an seinem weißen Hemd bildeten. Um ganz sicher zu gehen, sollte er ihr danach auch noch mit ausgestreckten Armen einen Aktenordner von ganz oben aus dem Regal herausholen. Und, um auch noch seinen Körpergeruch unter besonderem mentalen Stress beurteilen zu können, stellte sie ihm daraufhin noch gezielt schwierige fachliche und persönliche Fragen, bei denen er sich zwar zum Teil wie ein Fisch winden musste, aber auch in dieser Situation blieb er angenehm cool, ohne so zu transpirieren, dass sie einen säuerlich beißenden Angstschweiß hätte identifizieren können.

Nein, sie konnte beim besten Willen nichts anderes als eine neutrale Note wittern, sodass sie beruhigt zur Kenntnis nahm, dass er auch dieses Kriterium zufriedenstellend erfüllte.

Keine Schweißflecken, die bei der Zusammenarbeit stören könnten, fachlich ausreichende Kenntnisse, ein Körpergeruch, der weder gut noch schlecht sie in irgendeiner Weise von ihrer Arbeit ablenken würde, besonders anziehend oder abstoßend wirken könnte und somit voraussichtlich keine Gefahr für sie darstellen würde, resümierte sie und markierte sich gedankenverloren ein großes Pluszeichen auf seiner Akte.

Während sie ihm wieder am Schreibtisch gegenübersaß, blätterte sie seine Unterlagen durch und tat dabei so, als ob sie weiterhin interessiert seinen mündlichen Ausführungen zu seinem Lebenslauf folgte, und nickte dabei gedankenverloren. Insgeheim hatte sie sich schon so gut wie für ihn entschieden.

Unvermittelt unterbrach sie daher den Verdutzten, schüttelte ihm die Hand und verabschiedete ihn mit den Standardworten »Sie hören von mir!«, um sich fairerweise noch den nächsten wartenden Bewerber zu erschnuppern.

Heiß begehrt

Heike Krapf

Ein wohliges Kribbeln steigt vom unteren Rücken langsam nach oben. Mein Körper fühlt sich kalt und einge-
rostet an. Diese Auszeit war länger als eine Nacht, länger als
ein Wochenende, vielleicht war Ostern oder Pfingsten?

Ich genieße die flirrende Wärme, die sich in alle Ecken-
ausbreitet, bevor ich mit der Morgentoilette beginne. Mit
sanftem Surren lasse ich frisches Wasser durch die Kanäle
rauschen, heute ausnahmsweise zweimal. Tut das gut – alles
fühlt sich warm und geschmeidig an. Bohnen und Milch sind
am Start. Für die Kringel um meine Knöpfe wähle ich ein
strahlendes Weiß. Im Display zeige ich heute die Tasse mit
dem lächelnden Gesicht.

Da kommt auch schon der erste Besucher. Routiniert
schiebt er seine weiße Tasse mit dem roten X auf den Metallrost und drückt viel stärker als nötig die Café-Crème-Taste.
Mein Mahlwerk heult laut auf. Wenig später rauscht das

schwarze Gebräu in das untergestellte Gefäß. Crema drauf, fertig. Die erste Runde ist geschafft.

Aber was ist jetzt – der Café-Crème-Knopf wird erneut gedrückt, vielleicht ein Fehler? Während ich kurz überlege, spüre ich einen Schlag auf meine linke Wand. So eine Frechheit, nur wenige Zehntelsekunden habe ich nachgedacht. Kein Grund, gleich so ungeduldig zu werden! Zur Strafe zeige ich Mister X das Störbild mit dem Blitz auf dem Display. Er beginnt, mit Ausdrücken um sich zu werfen, die ich keinesfalls wiederholen will.

»Was ist los?« Der Mann mit der grünen Tasse kommt in die kleine Küche.

»Das Ding geht mal wieder nicht«, raunt Mister X.

»Sieht doch alles gut aus«, entgegnet der frisch Angekommene, während meine Displaytasse ihn anlächelt und seine große, weiche Hand langsam an meiner linken Wand hinabgleitet. Sanft drückt er den Café-Crème-Knopf für seinen Kollegen und ich lege gerne wieder los.

Über mangelnden Körperkontakt kann ich mich wahrlich nicht beschweren. Während eines sogenannten Arbeitstags werde ich in kurzen Abständen immer wieder angefasst. Hauptsächlich natürlich an den Bedienknöpfen. Oft lehnen sich auch Leute an mich oder stützen sich ab. Die Menschen berühren einander so wenig. Damit würde ich nicht auskommen. Zum Glück ist bei mir keine Sprachsteuerung eingebaut.

Nach einer kurzen Pause sehe ich Belinda – neulich habe ich erfahren, dass sie so heißt. Mein Blick schwingt an ihren Konturen entlang und taucht in ihre nicht enden wollenden Rundungen ein. Irgendwo in einer kantenlosen Unendlichkeit verschmelzen sie und werden eins … oder alles … oder keins …

Das Kontrollprogramm versetzt mir einen Stich: Die Beleuchtung ist ausgegangen. Also schnell aufwachen und die Lichter wieder an.

Belinda drückt meinen Schokoladenknopf, das macht sie immer. Da kann sich das Mahlwerk entspannen und ich ihre Bluse inspizieren. Auf einem hellgrünen Hintergrund tummeln sich große gelbe Punkte umrahmt von kleinen weißen Tupfen.

»Tolle Blumenwiese!« Eine Frau zeigt auf Belindas Bluse. Blumenwiese ... hallt es in mir nach. Wo das wohl sein mag?

»Pass auf!«, zischt das selbstlernende Kontrollprogramm durch den Innenraum.

Viele gefüllte Tassen später kommt der drahtige Typ mit den unsortierten Haaren. Wahrscheinlich jemand aus der Technikabteilung, auf seiner Tasse prangt dieses kleine a in einem Kreis. Er drückt beherzt meinen Cappuccinoknopf. Ich lasse den Espresso durchsausen und als ich die Milch anziehen will, kommt nur ein Röcheln. So ein Mist!

Sonst wäre mir das schon ein bisschen peinlich, aber nicht bei ihm. Er erkennt die Lage sofort. Souverän öffnet er meine rechte Klappe, zieht den Milchbehälter routiniert aus der Verankerung. Ich fühle mich aufgeregt entblößt und warte mit leerem Behälterrahmen, während ich die Milch neben mir gluckern höre. Dann sehe ich ihn mit dem vollen Milchbehälter auf mich zukommen. Das treibt mir die Röte in die Knopfränder. Er schiebt ihn langsam und behutsam in meinen Rahmen, mit der Unterkante zuerst. Mir wird heiß, obwohl die Milch ja kühl bleiben soll. Beim überwältigenden Einrasten bleibt mir die Luft weg und die Displayanzeige flackert. Dann atme ich tief durch, sauge noch zweimal röchelnd nach der Milch. Endlich bekomme ich sie zu fassen und blase einen dichten Schaum auf den Espresso.

»Na also ...«, murmelt er, zieht die Tasse weg und wendet sich ohne Abschiedsgruß zum Gehen. Schnell lasse ich geräuschvoll eine Ladung Wasser durchlaufen. Er dreht sich nochmal um und ich blinzle ihm mit meinem schönsten Displaylächeln zu.

Ich liebe die Menschen, alle. Also alle bis auf Mister X. Die einen haben warme Hände, die anderen grobe Finger. Manche Tassen werden auf meinem Metallrost sanft in Position geschoben, andere zielsicher abgestellt. Viele treffen sich bei mir und tauschen Neuigkeiten aus, regen sich über irgendetwas auf oder machen Witze.

Noch nie aber habe ich Kontakt zu meinesgleichen gehabt. Wie wäre es, eine andere Kaffeemaschine zu treffen? Von uns gibt es viele Modelle. Was ich mit einer Filtermaschine anfangen würde, weiß ich nicht. Wenn ich einen anderen Kaffeevollautomaten treffen würde, vielleicht ein italienisches Modell...

Im blanken Metallgehäuse des anderen Vollautomaten würde ich mich spiegeln. Die zappelnde Espressotasse im schwarzen italienischen Display würde meine Hintergrundfarbe auf Magenta setzen. Von unseren beiden Mahlwerken würde eine flirrende Hitze durch die Gehäuse den Raum mit Spannung erfüllen. Alle Sensoren würden gleichzeitig aktiviert werden. Die daraus resultierende Menge an Kommandos würde beide Kontrollprogramme abstürzen lassen. Ungebremst würden wir eine Orgie mit flackernden Knöpfen und rauschendem Kaffee feiern.

Seit über einer Stunde hat mich niemand mehr besucht, es ist wohl Abend geworden. Klappernde Schlüssel nähern sich, aha, der Wachdienst! Gleich werde ich vom Netz genommen. Auf so einer Blumenwiese sehe ich mich mit dem feschen Vollautomaten-Italiener liegen und wir reden darüber, wann wir wohl das erste Mal ein gemeinsames Update einspielen.

Inhalt

Das Böse

Damendramen

Mit allen Sinnen

Die Autorinnen

Angelika Hein

»Less is more« ist Angelika Heins Devise und deshalb mag sie Kurzgeschichten, die Dinge auf den Punkt bringen. Aus der Erfahrung von über dreißig Jahren spannender und interessanter Architektentätigkeit als Freiberuflerin nimmt sie sich heute die Zeit, über Kleines und Großes nachzudenken. Schreiben ist Teil ihres Lebens, sich artikulieren, nachzudenken und mitzuteilen, über die knappen, rein informativen Jour-fixe-Protokolle und das Architekten-Credo »form follows function« hinaus. Es geht um Zwischenräume, Zwischenräume des Menschlichen, im Schreiben und in der Architektur und beides ist gar nicht soweit voneinander entfernt. Alles hat mit allem zu tun, man muss es nur erkennen.

Heike Krapf

Beim Schreiben beleuchtet Heike Krapf gerne unbeobachtete Ecken und schaut durch Fenster ungewohnter Perspektiven. Die Informatikerin liebt es, mit psychologischer Neugier in Erlebniswelten von Mensch und Maschine einzutauchen und die entdeckten Figuren in ihren Geschichten aufleben zu lassen.

Marion Liedtke

Kreativität als Ausgleich und Lebenselixier ist das Motto von Marion Liedtke, die im hohen Norden im hanseatischen Lübeck an der Ostsee aufgewachsen ist und dort ihre Ausbildung zur Krankenschwester gemacht hat. Um dem norddeutschen Nieselregen zu entfliehen und Großstadt zu entdecken, ist sie 1986 nach München gezogen, wo sie bis heute mit ihrem erwachsenen Sohn lebt. Seit einigen Jahren ist sie als Pharmareferentin in Ober- und Niederbayern unter wegs. Als Frühaufsteherin bringt sie ihre gern ver-rückten Ideen am liebsten gleich nach dem Aufwachen zu Papier. Das Schreiben ist neben Reisen, Sporteln, Singen im Chor und meditativem Nähen von Taschen eine ihrer liebsten Tauchstationen, um Energie für den Alltag zu tanken.

Gisela Masseck

Mit zwanzig hat Gisela Masseck auf der Bühne gesungen, mit dreißig Theater gespielt und mit über siebzig stehen ihre Geschichten zum ersten Mal in einem Buch. Geschrieben hat sie immer. Nebenbei war sie im Hauptberuf Versicherungskauffrau und Sekretärin. »Bei mir war ich nur bei meinen künstlerischen Tätigkeiten«, sagt sie.

Nicola Scheifele

Die Welt neu erfinden – das ist für Nicola Scheifele schriftstellerisches Tun. Anders als in ihren journalistischen Texten kann sie in literarischen Geschichten Wahr-Genommenes und Fiktives vereinen. Immer wieder überrascht über das, was danach auf dem Papier steht. Die bereits am Namen erkennbare Schwäbin aus Ulm lebt seit über dreißig Jahren in München, wo sie als freie Journalistin, Autorin und Schreibcoach tätig ist.

Songzitate

Die Songzitate in den Kurzgeschichten **Blue Moon** und **Spätvorstellung** stammen aus folgenden Liedern:

Blue Moon
Blue Moon Text: Lorenz Hart, Musik: Richard Rodgers

Spätvorstellung
Take these broken Wings Text: Richard Page/Steve George/John Lang, Musik: Mr. Mister

Teach Me Tiger Text/Musik: April Stevens/Nino Tempo